青梅竹馬絕對不會輸的戀愛喜劇

〔作者〕二丸修一
〔插畫〕しぐれうい

CONTENTS

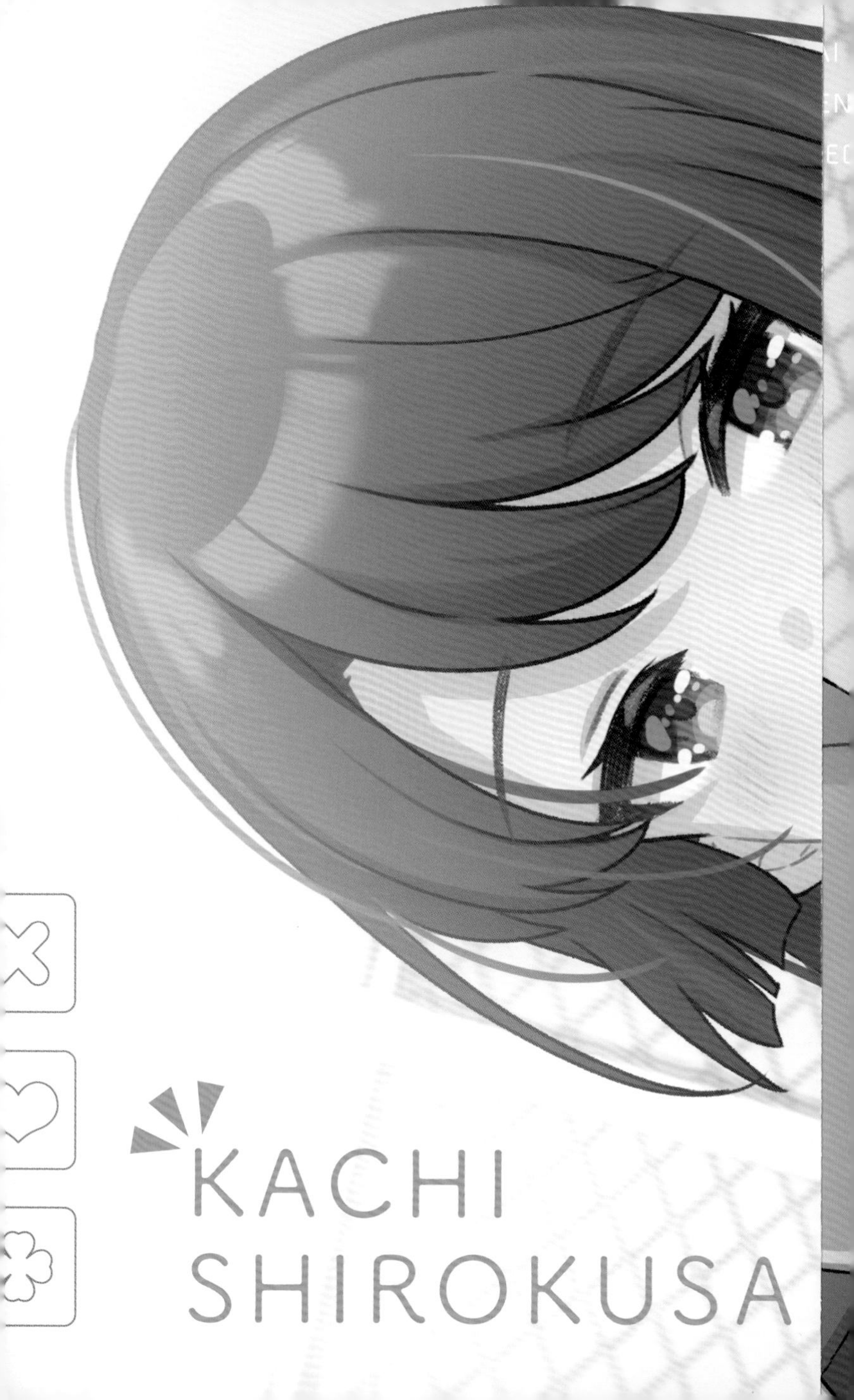
KACHI
SHIROKUSA

「人家最害怕的，就是黑羽學姊豁出去
使出『我把自己當成情人節巧克力
送、給、你』這一套。」
NAME
桃坂真理愛
NAME
志田黑羽
環伺機會的女生們
在情人節前

青梅竹馬絕對不會輸的戀愛喜劇

OSANANAJIMI GA ZETTAI NI
MAKENAI
LOVE COMEDY

9

〔作者〕
二丸修一
SHUICHI NIMARU
〔插畫〕
しぐれうい

Kadokawa Fantastic Novels

『我想，黑羽學姊肯定會趁寒假決勝負吧。放長假，彼此又是鄰居，而且才剛公開告白過──她沒有理由不發動攻勢。』

『最好用盡手段避免讓他們兩個獨處呢。甲斐同學，你能不能找理由增加群青同盟成員團聚的機會？』

『……哎，好吧。能拍到影片，我也覺得有助益，畢竟在這當下要是讓末晴跟志田湊成一對，規畫就會亂了套。』

『規畫啊……』

『規畫是嗎……』

我跟桃坂學妹也都很清楚，甲斐同學行動是另有所圖的。

然而甲斐同學對群青同盟具備強大影響力，我們總不能不拉他入夥。

桃坂學妹做了總結。

『那麼，這次寒假就盡可能增加大家一起行動的機會，並且各自提防黑羽學姊吧。照黑羽學姊目前這樣，即使是在所有人都到齊的場面，說不定還是會偷偷跟末晴哥哥調情。』

『明白了，我會盡快擬出企畫跟妳們分享。麻煩妳們想到好主意也要跟我聯絡。』

『如果可以，人家希望有個可以跟黑羽學姊的媽媽認識的企畫。』

『這話怎麼說呢，桃坂學妹？』

『黑羽學姊最大的優勢就是住在末晴哥哥家隔壁。比如講電話講到興致一上來，他們隔一分鐘就可以見到面——這正是對我們構成的威脅。在黑羽學姊身邊最能發揮攔阻作用的想必是她媽媽。即使只是偶爾打個小報告，感覺也能牽制到她。』

『原來如此，我懂了。我跟小碧的關係不錯，就順便請她幫忙盯著好了。』

『幫了大忙呢。』

——我們有過這麼一段對話。

過去歐洲曾組成「反法同盟」來對抗拿破崙。因為已經沒有任何一國能夠獨力壓制拿破崙，便有必要組織同盟。

就這樣，我、桃坂學妹、甲斐同學三人結盟——組成了通稱為「反志田同盟」的合作關係。

因此，我不太能撥出時間寫作，儘管第三學期將於明天開始，我卻還是交不出新作的原稿。

「不過試著一想，你們去了許多地方，卻沒有到丸同學的家耶。明明連志田同學的家都去過了，當中有什麼理由嗎？」

「啊，那是因為——」

話說到一半，我察覺了某件事。

「紫苑，妳……為什麼會知道這些呢？」

「咦？」

「妳並沒有參加群青同盟的聚會嘛，可是妳怎麼知道得這麼多？」

「……白白，那我該收拾咖啡杯了。」

紫苑變得像壞掉的白鐵玩具，動作生硬地打算從房間離開。

我搶先繞到門口，擋住她的去路。

「妳能不能跟我說明，這是怎麼一回事……？」

「呃，白白，這是因為……當中有些淺薄的理由……」

「既然是淺薄的理由，妳可以立刻告訴我吧？」

「……好。」

經過追問以後，正如所料，紫苑說她一直悄悄地跟蹤我，從遠處觀望著狀況。

「紫苑，聽我說。無論妳要怎麼運用假日，我都不打算插嘴干涉。但與其躲在死角偷看我，妳何不加入我們呢？我會向其他人推薦，讓妳成為群青同盟的一分子啊。」

「……白白，謝謝妳為我著想。但是我並沒有興趣，所以不用妳推薦。」

「是嗎……」

紫苑就是有這樣棘手的地方。

她會跟，但是對群青同盟沒興趣。

過去我在學校總是獨來獨往時，那還不成問題。畢竟紫苑根本沒必要躲起來偷看，直接陪我一起出去玩就行了。

但是從去年夏天過後，參加群青同盟讓我出外活動的次數大有增長，紫苑要到處跟也會很辛苦。

即使如此，假如紫苑能一起參加活動還樂於其中，我也會感到欣慰。

然而紫苑卻沒有拓展交友的關係，只會關注我。

她對我懷著友情又肯為我擔心固然很令人欣慰，但我認為這樣的狀態終究算不上健全。

「重要的是，白白，你們沒有跑去丸同學家的理由是什麼？」

「因為小末家裡有伯父在啊。」

「要這麼說的話，志田同學家裡應該也有她爸爸在，他們來家裡玩的時候，總伯伯不是也在嗎？」

「呃～～因為小末跟伯父的關係似乎並不算融洽……寒假之所以會拍這麼多影片，背後也有小末不想待在家裡的因素……」

「是喔，哦～～原來丸同學跟他爸爸關係不好……」

「紫苑？」

緒。

跟平時不一樣的口吻。紫苑就算發脾氣也不會給人陰鬱的感覺，剛才卻摻雜了相當執拗的情

「啊，不，沒事……沒什麼。」

紫苑推開站在門口的我，從房間離去。

（啊……）

該不會，紫苑想起了自己的爸爸？

紫苑因為媽媽有問題，從小就在單親爸爸的家庭中長大。我爸爸跟她爸爸屬於處境相同的監護人，彼此結了緣分而變得要好，但不幸的是紫苑的爸爸因病過世了。紫苑無依無靠，當時又是我唯一的朋友，爸爸沒辦法棄她於不顧，便決定帶她回家裡照顧。

大概是因為這樣，紫苑有種視「父親」為特殊存在的感覺。

（所以她對跟父親關係不好的小末才會有想法……？）

關於紫苑的家庭，我一直避免去談及。畢竟那應該是令人心酸的回憶，紫苑也都不會主動跟我提起。

（總之只能先觀察情況吧……）

我將十指交握，把雙臂朝天花板直直舉起，伸了個懶腰。

「呼～～……」

我不由得呼氣。

寒假的活動多到前所未有，使得我的頭腦與身體都累了。

不過——我寫出了滿意的作品。

我看向筆記型電腦顯示出來的小說新作。

在新作擔任主角的女生還有她憧憬的男生，是以我跟小末當藍本。

當然，讀者從修飾過的人物設定並不會看出來，但只要這一點能傳達到，小末看過故事就會知道我對他用情有多深。

沒錯，我——

——我決定要向小末告白了。

志田同學已經當著那麼多人面前告白。既然如此，我也得跟進才行。

等小末主動來告白再迎接美好結局——就連我也發現繼續巴望這種事，很有可能會耽誤到自己。

目前的關係光等待是不行的，非得主動出擊才能抵達勝利。

單從氣氛來看，小末跟志田同學是比以前接近了，但好像還沒有配成一對。

那麼趁現在還來得及。我不想後悔。

希望他主動告白……原本我曾這麼期盼，局面卻已經不容許我挑手段了。

總比輸要好。能贏在最後就是贏。

目標——定在情人節當天。

只要我在今天把寫好的原稿交出去，之後再經過編輯檢查與改稿，在情人節當天就可以定稿才對。

我會一邊把成品遞給小末，一邊告訴他。

『小末……我喜歡你。我一直都喜歡著你。只要你讀了這部小說，就會知道我有多喜歡你。請你讀一讀吧。』

沒錯，這部小說是一篇洋洋纚纚的情書。

就連志田同學或桃坂學妹都模仿不了。身為小說家的我才辦得到，這種既羅曼蒂克又能喚醒過去的約定、之後的成長——讓一切回憶都在腦海裡復甦的極致告白。

「太精彩了……連我都覺得自己的點子精彩無比……」

對了。把文字檔交出去應該不方便讀，先簡單裝訂成冊再交給小末吧。畢竟讀書時能有紙張的觸感也很要緊。啊，既然這樣，不如就用近似自費出版的形式偷偷印一冊吧。不，要印的話就印兩冊。我可以跟小末分享在世上僅有兩冊的書……這不就跟穿情侶裝一樣嗎？

「……白白，妳再不睡可不行喔。」

紫苑大概是收拾完杯子就經過房門前了吧。

她從門縫探出臉，並朝我搭話。

「對不起。我碰巧想到了一個好點子。」

「好點子……？」

這麼說來，我都沒有跟任何人提過「把小說活用於告白」這樣的方案。

為了觀察別人的反應，我便謊稱是小說的題材，把剛才的點子講了出來。

「…………」

紫苑總是一副愛睏的眼神，聽完以後眼皮卻好像垂得更低了。

她什麼感想都沒說固然很詭異，但我也無法置之不理，就試著進一步問道：

「妳、妳覺得怎樣？」

紫苑原本似乎在猶豫要不要開口，現在抱緊了進房間時脫掉的絨毛針織衫，渾身打起哆嗦。

「——好沉重！」

…………嗯？

咦……奇怪……？怪了怪了？

「白白，妳想的點子未免太沉重！沉重過了頭，會被人嫌棄成麻煩的女生喔！」

我的腦袋沉沉地受了衝擊。

「麻、麻煩……」

「還有，應該說妳的做法太老舊了！簡直像大正時代才有的浪漫！光聽到有紙本的情書出現時就太沉重了！如果在現代這麼做，恐怕也會有人疑問：寄個電子檔不是就夠了嗎？」

「唔……」

沉重……而且老舊……

每字每句都扎在心口上。

我心生搖擺，紫苑就毫無顧慮地把話語拋來。

「何況妳的小說不是有三百多頁嗎？要說是情書也太長了！比方說，如果是在雙方交往後，身為作家的女生想著對方而動筆寫作……我覺得這樣就勉強合情理，雖然還是很沉重。」

「妳、妳又說了沉重！」

「但兩個人明明還沒有交往，情書卻有這樣的文字量……實際遇到這種狀況的話，那就叫『恐怖』了！白白，妳要是突然收到一本手工製作的書，對方還說：『這是我想著妳寫出來的！』請問妳會有什麼感覺呢？」

我望向天花板，試著想像。

「………………好恐怖！」

紫苑說得沒錯。

「奇怪，之前我怎麼會覺得羅曼蒂克呢……？這還滿驚悚的，不是嗎……？」

「置換成音樂或許比較好懂呢。有人突然說『我要獻唱為妳做的歌！』會讓人覺得恐怖，白白妳的點子卻是『突然收到了錄滿原創歌曲的全套專輯』那麼糟糕。」

「呀啊啊啊！」

我抱頭懊惱。

不行，太恐怖了。正因為灌注的熱情太多，更令人覺得驚悚。

「白白，妳一想到好點子，就會出現興奮得失去客觀性的狀況……先冷靜下來重新審視題材是不是比較好？」

「也、也對……」

「啊，已經這麼晚了。白白，請妳要趕快睡覺喔！」

紫苑將絨毛針織衫穿好，然後離開了。

（之、之前我明明覺得很羅曼蒂克的……）

我洩氣地垂下肩膀。

一不小心就寫出了一整冊的小說……當然，我只要不明講這其實是情書就好……畢竟以作品而言我也自負寫得不錯，光是能出版就可以說夠好了……

可是……可是……

「嗚嗚嗚……！」

我把小末玩偶抱在胸前，將下巴擱到上面。

連我都覺得自己好拙，窩囊得連眼淚都快要掉出來了。

「不，但是我不能輸……」

根本沒有時間讓我沮喪。志田同學已經做到公開告白了。

再想新的方法就好。幸好離情人節還有一個月。

（我要想出能清楚表達自己心意的告白方式……）

我會打算用小說這樣的手段是因為一旦要告白，我沒自信能在緊張之下將心意表達清楚。

對小末的感情累積得太久了，我不認為自己在口頭上能順利表達出來。

假如告白的內容無法讓自己接受，會有什麼後果？
光想像就讓我害怕。被甩掉固然可怕，無法將心意表達清楚也是很可怕的。
要是沒辦法確實告白，我將後悔一輩子——我就是如此認為，才想出了用小說代替情書的方案。
但是我作罷了。想想別的法子吧。
採取行動的日子在情人節當天。
（在那之前，我必須想出辦法……）
我用力摟住小末玩偶。
滿腔的戀慕與焦慮好似快令我心碎。

第一章 風在吹

*

隨著第三學期開始，私立穗積野高中籠罩了一層肅殺的氣息——

「喂，小、小黑……等等，這裡是學校耶……」

「咦～有什麼關係嘛。反正我都已經『公開告白』了，並沒有必要掩飾自己的心意啊。」

「或、或許是那樣沒錯啦，但這樣未免太……」

我正要通過高中校門。

旁邊有黑羽在。圓滾滾的眼睛像小動物一樣可愛，連從旁經過的上班族都被驚艷得回頭。嬌小的身軀即使被大衣裹著，還是看得出女人味十足，就算是冬天的凍人寒風都無法磨滅其魅力。

只是，黑羽的可怕之處不僅如此。

我之所以焦急，是因為黑羽正在盡情散發那樣的魅力，還做了某種舉動所致。

是的，這一刻，黑羽，正挽著我的手臂——

儘管我們正在上學途中。

看在周圍的學生眼裡，我們不僅大受注目，還挑起了男生們的嫉妒。

「呸！姓丸的居然得意成這樣……」

「志田同學，拜託妳清醒……將來我絕對會用愛的力量讓妳從那個傻子的束縛中解放……」

我跟黑羽是青梅竹馬，從以前就感情良好，但再好也不至於做得這麼露骨。

如果對方是真理愛，即使伸手勾住我的手臂也不奇怪。

但是，黑羽跟真理愛的角色不同。

真理愛的角色是學妹，況且她還有本來就被我這個大哥關照過的前提條件。就算她再怎麼積極地把手伸過來勾住我的手臂，大家心裡還是會有「單純是年紀小的一方在嬉鬧」這種思考上的退路……不，予以包容的空間。

然而對方是黑羽的話就完全不同。

黑羽的外表固然偏蘿莉，但性格還有跟我的關係反而傾向於姊姊。

正因為這樣，我和周圍的人都相當不適應。那些男生的殺氣之所以來勢洶洶，應該就是因為不適應才覺得我們這樣很礙眼吧。

唯一的救贖是我們比平時早了三十分鐘到校，途中的學生還不算多。

「小黑，妳今天為什麼會來我家？」

「嗯？」

「以往沒有到考試期間，妳是不會來接我的吧？而且妳還來得那麼早。」

黑羽今天來得非常早，叫醒我以後還打算動手做早餐。

哎，當時我意識雖恍惚，對於做早餐這件事仍警覺有危機，便在千鈞一髮之際設法避開了慘劇，然而總歸一句話就是——這不合她平時的作風。

「咦，小晴，你不懂嗎？」

「對啊。」

「唉，真沒辦法。我說明給你聽喔。」

黑羽停下腳步，還像姊姊在照顧傻弟弟一樣開口道來。

「小晴，我對你『公開告白』了。」

「嗯……是的。」

被她明目張膽地望著臉這麼說，感覺像是兜了圈子表示「我喜歡你」一樣，令人難為情……

「所有人都已經知道我對你的心意。」

「……也是啦。」

在學生會於聖誕夜主辦的聖誕派對上，黑羽公開向我告白了。話題性當然很驚人，即使有人並未出席派對，黑羽的「公開告白」在這間學校應該也已經廣傳到無人不曉的地步了。雖然哲彥因為顧慮就在表面上用「整人企畫」的名義粉飾，但如果朋友直接問起這件事，黑羽本人並不會多做否認。我看所有人都曉得那是她的真心告白了，應該不會錯。

「然後呢，小晴，我還公開放話，叫你不用對告白做出答覆。」

「嗯……」

「而且今天是第三學期頭一天。從雞飛狗跳的第二學期結尾過了一段時間，可以想見我的告白已經充分流傳出去了。這就表示——」

黑羽把臉朝我湊過來，神情嚴肅地說：

「——我只能繼續衝吧。」

「——原來如此。」

我無話可回地被迫接受了。

「小晴，我從以前就憧憬像這樣挽著你的手臂上學呢～～過去我還會矜持或害羞，也許我的心意早就露餡了，卻又沒有做到昭告所有人的地步。畢竟被家裡曉得的話，也很不好意思。」

「小黑，妳對家裡是怎麼說的……？」

「什麼都沒說啊。我猜已經露餡了吧？即使當時的公開告白沒有剪輯成影片上傳，還是會有不知道從哪裡來的風聲傳進他們耳裡。」

「這、這樣喔……」

黑羽的母親銀子、碧、蒼依、朱音——要是被志田家的這幾位成員調侃，彼此交情形同一家人的我也會相當害臊。

唉，這表示我只能先做好心理準備，一旦被問了些什麼就得設法糊弄過去吧……

「那妳今天早上到我家，是怎麼對銀子伯母說的？」

黑羽做出跟平時有異的舉動，最先發現的應該是銀子伯母吧。她總不能連一句說明都沒有。

「啊，那是因為我有僅限今天可用的藉口。」

「意思是，妳並不會每天來接我嘍……」

我如此嘀咕，黑羽就賊賊地笑了。

「怎樣，小晴～～？你希望我每天來叫你起床嗎～～？」

「並、並不是那樣啦……」

「什麼嘛～～你要對自己老實點啦～～我頂我頂～～」

黑羽挽著我的手臂，一邊用手肘頂我。

「小黑，這樣很不好意思，而且會痛。」

「先告訴你，我也會不好意思喔。要是你沒跟我一起體會這種不好意思的感覺，那就不公平了吧？所以嘍，小晴，你要多害羞一點。」

「什麼道理啊！妳別用歪理拖我下水啦！」

「好啦好啦，冷靜下來。」

「這不是害我激動的當事人該說的話吧！」

黑羽似乎決定無視我的吐槽了。

她一下子將全身朝我靠了上來。

「順帶一提，要是每天都去叫你起床，八成會讓我媽媽提高戒心，所以我打算只在有機會時才去。畢竟這樣似乎也會跟可知同學或小桃學妹起爭執。哎，不過偶爾能這樣手牽手上學的話，我是很高興啦……」

「也、也是，雖然我也覺得不好意思，但並不排斥……不過，我們最好還是低調一點……」

「小晴，你就認命吧。被男生找碴的話，我會幫你的啦。」

「夠了喔，那不是妳該說的台詞吧～～」

我亂撥黑羽的頭髮，黑羽就開心似的低聲嚷嚷——不過她並沒有放手。

「對了，妳說僅限今天可用的藉口是什麼？」

「啊，這個嘛，我是用你跟伯父之間會不會尷尬當理由。」

「唔！」

該說真不愧是青梅竹馬嗎……黑羽連我家的狀況都相當了解。

我老爸名叫丸國光。小時候有人說過「這名字真像日本刀」，在我記憶裡留下深刻的印象。

老爸原本是從事替身演員的工作，但因為我母親在拍攝連續劇時喪生於事故，應該讓他有了許多想法。老爸活用本身資歷，轉換跑道變成了專門重現交通事故現場的替身演員。多虧如此，他變成要跑遍全國，現狀是一年中有一半以上的時間都不在家。

大概是因為這樣，隨著我逐漸長大以後，心裡對老爸就有了疙瘩。

那項工作本身是在呼籲防範交通事故，我認為很正派。老爸會選擇這樣的職業，我也十分能理解。

但就算我理解他的工作，彼此能不能處得好又是另一回事。

即使老爸回家，我也會盡量少跟他講話，何止如此，我還會有意無意地躲著他。

然後，今天早上有開學典禮。

我老爸是個生活作息規律的人，早上必吃早餐。之前因為放寒假，早上我都會迴避跟他一起吃飯，可是開始上學以後就不能那樣了。雖然我也想過可以在上學途中到超商買麵包吃，但考慮到花費的金錢及時間，難免會遲疑。

——黑羽看透了我這樣的心思，一大早就跑來我家。

「……嗯，妳那樣真的是幫了大忙。」

幸虧有黑羽在，氣氛才變得融洽許多。

假如只有我跟老爸兩個人吃早餐——感覺就會被他唸東唸西找麻煩，我不太想去想像。

「對吧？」

另外，老爸跟黑羽的父親道鐘是童年玩伴。

我過世的母親與銀子伯母則是藉他倆牽線認識的好朋友。

兩家人來往到最後，老爸與銀子伯母也一樣關係良好。我之所以常常到志田家吃飯還受了各種照顧，也是出於這層緣故。

因此黑羽光是說一句「擔心我跟老爸的相處關係」，銀子伯母應該馬上就能體諒其中隱情。

「小黑，這在學校裡還要繼續嗎……？」

目前我們還在外頭，所以騷動並沒有鬧得多嚴重。

然而在校內這麼做的話，想也知道會引起大風波——

「當然。」

黑羽用兩個字讓抵抗的我屈服了。

「我跟你說過，現狀就是只能繼續衝啊。」

在我們討論這些的過程中便穿過校門了。

踏進學校以後，遇到的學生人數劇增，周圍鼓譟的聲音也跟著爆發性地蔓延開來。

「唔唔唔，看他們那種甜蜜的氣息……！那兩個人，該不會在寒假發生過什麼了吧……！」

「別說啦～～！我不敢去想像～～～～！」

「可惡，之後要叫姓丸的把發生過什麼都招出來！」

呃，我跟黑羽什麼也沒發生過耶。

畢竟寒假時我們大多跟群青同盟的成員在一起，甚至讀書也是所有人聚在一塊用功。

「欸，男生！不要那樣鬧他們啦！小黑可是鼓起勇氣告白的耶！」

……奇怪，看來也有人站在我們這邊？

而且都是女生。由於局面第一次演變成這樣，我有點訝異。

「身為小黑的朋友，我斷然支持她。你們男生別那樣亂講話。」

「對對對！小黑是認真的！我可不希望像你們這樣的白痴來攪局！」

該說真不愧是黑羽嗎……居然有類似啦啦隊的團體出現了……

不過我個人不太樂意跟她們接觸就是了。才剛這麼想，那群穿大衣的女生就朝我們這邊招了招手。

招手的女生被黑羽稱作小柚，她們平時都會一起吃午餐。在小柚後面的另外兩人，我都幾乎沒有說過話，但她們也是黑羽身邊常見的朋友。

「小黑留在原地就好。我們想跟妳借一下丸同學。」

而且她們好像只指名我一個人。

「妳們想對小晴怎樣？」

「沒事的，小黑，我們絕對不會害妳。」

朋友把話說到這種分上，就算是黑羽好像也違抗不了。

「不要對小晴亂講話喔。」

「當然。」

感覺上，黑羽是不得已才離開了我的身邊。

這麼一來，我總不能沒頭沒腦地逃避。

我有非常不好的預感，因此就提高警覺跟著那三個女生走了。

她們都笑吟吟的，不過連遲鈍的我都看得出那只是徒具表面而已。笑容始終有詐的那些女生拐了彎，帶我走到校舍後頭。

寒冬的校舍後頭一片冷清，樹木凋零得只剩殘枝，已經連枯葉都看不見。

在如此空蕩的地方，有三個交抱雙臂的女生瞪著我。

「丸同學。」

「是的，我、我在聽……」

「你不用緊張。」

「哪、哪裡……」

這是陷阱，我早就這麼想了。只要我輕率地做出得意忘形的舉動，就會被她們圍剿。有直覺告訴我狀況正是如此。

「丸同學，我想你能夠了解，女生要主動告白是非常需要勇氣的。」

「沒錯。啊，當然我們的意思並不是說男生主動告白就不需要勇氣，只是女生還要顧及在小夥伴之間的立場，以及周遭看待自己的眼光，難免會有辛苦的地方……」

「啊，不過要這麼說的話，丸同學也是挺過了大風大浪耶……」

「……的確。」

哎，我在文化祭向黑羽公開告白還被甩，又跟哲彥公開接吻而讓眾多人懷疑他才是真愛，算起來都已經出了好幾件值得讓我切腹的大事嘛……

女生們陸續拍了拍我的肩膀。

「丸同學也很辛苦呢。」

「謝、謝謝……」

我好像得到了慰勉。

話雖如此，我感覺到自己還不能鬆懈。

而且這樣的直覺——似乎正確無誤。

「不過呢，那跟這是兩回事。」

女生們眼中亮起了銳利的凶光。

「我們都有受過小黑照顧，所以希望她能幸福！」

「再沒有像她那麼專情的女生了！」

「還長得可愛！明明個子矮卻有大胸部！」

啊……啊～～原來她們想談的是這個……

既然我已經被圍住了，隨便亂講話就等於自殺行為。

為此，我只好將兩手伸到胸前做出安撫激動情緒的手勢，並且露出苦笑。

「要說的話，可知同學與桃坂學妹都很厲害啦！畢竟她們跟藝人差不多！」

「不過小黑是贏過她們的！對吧！」

「我們都知道，小黑對你說過目前不用給答覆，但是她八成在等啊！」

……我非常能體會她們的心情。

是的。黑羽根本沒什麼不好，還願意等待優柔寡斷的我。

正因為我明白這一點，才只能保持沉默。

「所以嘍，丸同學，我們覺得應該由你主動——」

「……唔。」

可是，要保持長時間默不吭聲也有困難。

當我心想自己非得說些什麼而準備開口時——

「——好了，到此為止。」

黑羽闖進來打斷了。

「我的壞預感成真了呢。夠了，妳們別這樣啦。小晴都為難了，不是嗎？」

「小黑……可是我們……」

黑羽用爽快的口氣說道：

「……小柚，妳最近迷上傑寧斯的男偶像，還有之前看的那部電影主演的影星對吧？」

「嗯，對啊。」

「假設我也支持那個傑寧斯的男偶像，就要求別人不准迷上他，妳會怎麼想呢？」

「呃，那、那樣的話……」

「妳會為難吧？」

「但是，這跟那又不一樣……」

黑羽用手指朝那個叫小柚的女同學的額頭彈了一下。

「好痛！」

「內心的問題有別人插嘴干涉就容易弄擰。假如小晴因為這樣產生反感，害我被甩掉，小柚妳也負不起責任吧？」

「唔，我……」

「即使妳們圍住小晴，想逼他答應跟我交往，那樣也不會長久。我跟小晴有我們自己的溝通方式，希望妳們能尊重。」

「小黑……」

看來是分出勝負了。

三個女生摟住黑羽說道：

「對不起，小黑～～」

「我們都在為妳心急，忍不住就～～」

「誰教小黑太堅強了～～」

「好好好，謝謝妳們。但是下次再這樣，等小柚有喜歡的男生時，我就會去對那個男生做一樣的事情。」

「不～～要～～啦～～」

幾個女生和氣融融，黑羽跟她們把該說的話說清楚，漂亮地做了總結。

這是我覺得自己實在比不過黑羽的部分。

黑羽叫那三個女生先回教室以後，又想挽住我的手臂。

「唔！」

我立刻縮手躲開。

黑羽因為撲了個空而目瞪口呆地問：

「你不喜歡嗎？」

「我並不是不喜歡……」

「小晴。」

黑羽短短地叫了我的名字，然後定睛仰望過來。

「像這種時候，以往我們會怎麼辦？」

我全力運作腦袋，導出了一項結論。

「彼此好好談一談。」

「對。打迷糊仗是無法釐清問題的，我們要好好談談。」

沒有錯。

聽起來理所當然，「彼此好好談一談」非常重要，聖誕派對不就讓我學到這一點了嗎？

從黑羽的觀點，我剛才的舉動會讓她覺得她展開了求愛攻勢卻被我溜掉了。所以黑羽就問了：「你不喜歡嗎？」搞不好她甚至可能認為自己被我嫌棄了。

像這種不經意的歧見一多，往往會出於不安而採取極端的行動。之前，我就是因此才決定同時跟黑羽、白草、真理愛保持距離。

所以我們要活用那次反省得來的經驗，好好談一談。

我深呼吸，慎選詞彙以正確表達自己目前的心境。

「我說啊，小黑，妳那些勾手臂的動作固然很令人開心……但我會不好意思。」

「這我剛才也聽過了，雖然我懂你的心情……無論如何都不行嗎？」

撒嬌般往上瞟來的眼神讓我怦然心動。

但我收斂了內心，以免當場流於情緒化。

「該怎麼說呢，妳跟我是從幼稚園就一起上學了吧？」

「嗯，是啊。」

「應該說正因為這樣，我覺得很難適應……就像在做非常不道德的事情一樣……」

「這樣的差異倒是讓我覺得既新鮮又好玩耶。」

「原來如此，我們對這部分的感受有差異。比方說吧，小黑，妳敢在妹妹們面前挽著我的手臂嗎？」

黑羽立刻回答：

「這我辦不到……啊，小晴你的感受就是類似於那樣。」

「對！另外，我覺得還有其他人會做出跟剛才那些女生一樣的事，畢竟妳在男生間也很有人氣，所以八成會招來嫉妒，我是建議在學校要稍微克制比較好……」

「或許我反而有點想秀給大家看……小晴，我會有這樣的情緒，你呢？」

「像那樣的肢體接觸，我比較希望選在沒有別人會看見的地方……」

「從這層意義而言，表示你並不排斥嘍？」

「要說的話，我根本不排斥跟妳貼在一起，但就算有『青梅女友』的名義，我還是覺得那樣並不純潔。我希望用更加光明磊落的心態面對妳。」

「都進展到這一步了，我倒不覺得有哪裡不純潔……不過，是滿符合小晴的作風吧。」

黑羽微微一笑。

「那麼，在人前黏著你的舉動我會多克制一點，但我們私下還是要恩恩愛愛喔。」

「唔，恩恩愛愛這個詞震撼力好強……！」

蘊藏著讓腦袋開滿小花的魔力。

「先跟你聲明，在人前是可以讓步，私底下的部分我可沒有打算讓步喔。」

「不、不能嗎……？」

「我想這句話從剛才就重複過好幾次了——」

黑羽又一下子把臉湊向我，並且神情嚴肅地說：

「——從我的立場來想，我現在只能衝了啊。」

「——的確。」

沒錯，黑羽不惜公開告白，現狀又跟我那時候不一樣，她並沒有被甩。天平會傾向哪一邊仍不得而知。

既然黑羽的立場是如此，唯有一路衝到底讓我心防淪陷——她會做出這樣的結論是合情合理的。

只是我處在這種被動的立場，真不曉得應該高興、害羞還是內疚……我遲遲無法冷靜下來。

不過聖誕派對那件事讓我知道，因為內疚而苦惱東苦惱西或者做出極端的行動，黑羽反而不會感到高興。

所以我只能順其自然吧。

「請、請妳手下留情……」

「我不確定自己有沒有辦法耶。」

「……妳打算做什麼？」

「說出來感覺就不好玩了啊～～」

黑羽俏皮地把食指湊到嘴邊笑了笑。

從聖誕派對那件事發生過後，我們溝通的時間變多了。

我跟黑羽以青梅竹馬身分相處的時間太長了。或許在進入戀愛關係之前，我們倆是需要像這樣溝通的。

我們講話開始會意識到戀愛關係，連心坎裡的想法都會吐露出來，對彼此就有更進一步的理解。

感覺我理解得越多，受黑羽吸引也就越深。

＊

「唔，白草學姊，我們好像晚了一步……」

我對桃坂學妹的嘀咕表示贊同。

「沒想到他們這麼早就從家裡出門……」

我準備好「因為是開學典禮」這樣的藉口，趕清早跑到了小末的家。出來應門的伯父卻告訴我——

『他已經跟黑羽出門嘍。』

這麼一句台詞。

於是當我失望地往回走，心裡正想著非得盡快追上他們的時候便遇見了桃坂學妹。

桃坂學妹似乎也有一樣的想法，才會趕早過來接小末。

後來我們倆聯手合作，一路追在小末跟志田同學的後頭。

接著當我心想總算追上他們了，卻發現有一場說大不大的騷動已經平息，現狀則是他們正和睦地走向教室。

「白草學姊，人家決定……擠進他們兩個中間！」

桃坂學妹靠猛衝接近小末，還撲向他懷裡。

我一面佩服她有那樣的活力與行動力，一面冒出了完全相反的念頭。

（像那樣，大概是不行的。）

我無意指責桃坂學妹的行動。正如同先前心裡才想過的，我甚至感到佩服。

但是——「那樣並不能通往勝利」。

假如用投懷送抱的求愛方式就能讓小末定下心意，他應該早就選出對象了。

目前均勢的局面，已經顯示簡單的肢體接觸不會形成勝利關鍵。

那要怎麼辦才好呢？

面對這個問題，志田同學的所作所為應該就是解答之一。

——公開表明心意。

小末對戀愛有些缺乏自信。明明他在表演時是那麼燦爛，內心卻好像會把平時與表演中的自己分隔開來，平時都堅信自己毫無亮眼之處。

恐怕是長達好幾年的不如意經驗讓那樣的觀念沁入了小末內心。

正因如此，即使我、志田同學及桃坂學妹一再展開求愛攻勢，仍有跡象顯示小末一直都認為自己受青睞是會錯意，還懷疑自己其實是不是遭到了戲弄。

志田同學公開告白就斬斷了小末的這種刻板觀念。她當眾表達自己喜歡小末，讓狀況變得沒有誤解的餘地。以概念而言，就像志田同學抓住了小末的頭，說服他接受自己喜歡他的事實。

而且在大家面前表明心意，更讓許多人站到志田同學那邊。

我不知道志田同學是否有盤算這些，然而目睹她背負那麼大的風險做出行動，只要她告白的對象不是小末，恐怕連我都會起意聲援。志田同學身為情敵能有那樣的勇氣，我覺得自己不能不送上讚美。

要找出對抗的手段便不容易。

即使我做出相同的事情，終究只是炒冷飯。

就算像桃坂學妹那樣積極對抗，也無法通往根本上的勝利。

告白當然是一定要的，但我還需要能加深關係的事件……而且當中不能有志田同學和桃坂學妹介入……能不能發生如此有利的事件呢？

「——這樣不行。」

光是冀望，奇蹟根本不會發生。

要有行動才能讓機會找上門。從這層意義來想，恐怕明知贏不了卻還是積極前進的桃坂學妹就相當正確。

「我必須，有所行動……」

我自言自語似的在嘴裡嘀咕了一句。

＊

放學後，群青同盟的會議俐落地結束了。

「因為寒假拍了足夠的影片，素材綽綽有餘。我也會運用動畫研究社的人手將內容逐次剪輯完成，但是光這些就忙不過來了，所以群青同盟暫時不會有活動。」

哲彥如此告訴我們。

「知道啦。哎，說到底，我們在寒假是稍微玩過頭了……」

「末晴，你會講這種話可真稀奇。」

「該怎麼說呢，雖然我不想跟老爸碰面，完全不待在家裡還是會有罪惡感。」

寒假結束，老爸接下來應該又會出差讓家裡放空城吧。那我就能安心待在家裡頭，再說外頭天氣冷，就努力用功看看吧——我有了這樣的念頭。

哲彥朝在場的成員……我、黑羽、白草、真理愛、玲菜看了一圈。

「雖然說不會有活動，什麼都不做也嫌乏味，所以我要預先各別出習題給你們……玲菜。」

「叫我嗎，阿哲學長？」

「妳就利用這次的機會學著剪輯影片，我會分一部較短的影片給妳處理。」

「唔哇～～感覺好困難喲～～」

「學會以後可是比掌鏡更有賺頭喔。外行人多少也可以掌鏡，但剪輯影片就沒辦法了。況且受WeTube影響，剪輯影片的技術也很有需求。」

「這樣啊……原來如此。懂了喲，我會挑戰看看。」

「之後妳陪我走一趟，我要到動畫研究社說明情況，妳今天起碼先摸個皮毛。」

就這樣，只有玲菜留下，其他成員都解散了。

問題在於我們各自領到的習題——

「說到習題，哲彥交代我的是顧好課業。」

我、黑羽、白草、真理愛四個人在回家路上。

當我走在人行道上拋出話題，黑羽就忽地舉起戴著米色手套的手。

「我是演技。雖然好像不是立刻就需要，他說除了小桃學妹以外，希望同盟裡再多一個懂得演戲的女生。」

「我則收到了執筆腳本的委託。」

白草暫且停下牽著走的腳踏車，然後從大衣口袋裡拿出了ＵＳＢ隨身硬碟給我們看。她沒有脫手套是因為那屬於時尚的柔軟黑皮革材質，即使戴著也不會妨礙雙手活動。

「甲斐同學說企畫書儲存在裡面，希望我看一遍。他也交代過這並不急就是了。」

「哲彥那傢伙，依舊在圖謀些什麼耶……」

而且感覺他這次布局的眼光看得相當遠。當那傢伙深謀遠慮時，玩的花樣越多就越容易搞出不得了的大事，令人害怕。從這樣的觀點來看，哲彥並不算凡夫俗子，或者該說他很有本事當壞人，有種城府深不見底的恐怖。

「對了，小桃妳呢？」

「人家是負責幫忙想出明年度的四月，演藝研究社要定什麼樣的標準來接納新生加入。」

「哦～～」

居然是這樣，超乎我想像的習題。

「哲彥為什麼要找妳負責這個？」

感覺是委託我、黑羽或白草也可以的內容。

「人家也有問過相同的問題就是了，照哲彥學長的說法是他會在明年度找個時間點把社長位子讓給我。既然要接棒成為下一任社長，他希望人家可以試著思考演藝研究社該如何經營，為此又必須用什麼樣的方式招募新生。」

「原來如此。」

群青同盟的正式班底中，讀一年級的只有真理愛，玲菜則屬於準班底。既然如此，於世代交替之際，社長除了真理愛不作他想。

「話說，原來哲彥那傢伙打算把演藝研究社傳承下去啊。」

「啊，我的感想跟小晴一樣。照哲彥同學的個性，我還以為他隨自己高興帶完社團以後就會任其荒廢。」

「畢竟那個男的對淺黃學妹特別好，會不會是想留點東西給她呢？」

「啊～～說起來滿符合哲彥學長的作風耶。哎，像群青同盟這種規模的組織，隨便就放著廢社的話太可惜了，因此人家也有心接手讓社團延續下去，不過……」

「有什麼讓妳在意的地方嗎？」

我一問，真理愛就將粉紅色毛線織成的手套湊到下巴，並且蹙起眉頭。

「人家只是覺得，純以習題來想滿有難度的。」

「不能比照目前的方式，讓正式班底投票表決過半數就好嗎？」

「末晴哥哥……那是最基本的條件。」

聽不出什麼端倪的我微微歪過頭。

真理愛擺出精明妹妹的架勢說道：

「群青同盟是在學期途中成立的，因此一般學生大多已經參加其他社團了，也會出現想加入我們卻沒辦法換社團的情況。即使有那樣的先決條件，哲彥學長仍聽見了有眾多同學希望加入我們的聲音，末晴哥哥你知道這一點吧？」

「說來是這樣沒錯。」

黑羽、白草、真理愛三人擁有超高人氣，目前依然有一堆傢伙想親近她們。

「如果我們在四月初招募成員，可以想見報名者會踴躍得不得了。舉例來講，我們要一個一個進行面試嗎？還要讓正式班底進行投票表決的話，末晴哥哥你覺得情況會變成怎麼樣？」

「大概要花非常多時間，說起來，能不能用面試判斷也是個問題……」

「沒有錯。群青同盟的成員基本上屬於量少質精，藉此才得以靈活施展。未經思考就擴增規模應該不太好。只求規模的話，『不要同盟』、『絕滅會』、『大哥哥公會』都可以當成暫時性的人手。」

「的確。」

「最大的問題在於單純想親近人家就打算加入的那種人吧，但是該怎麼做才能巧妙將他們剔除……難就難在這裡。畢竟光靠面試要識破對方並不容易。」

「若是認真想參與演藝活動，又能跟我們建立良好關係的人，那倒是來多少都能接受……」

這麼一想，要如何採用新成員還真是個大難題。

「話雖如此，我們也不能選擇緊閉門戶。完全不接納新成員的社團，學生會應該是不會允許的。」

「那樣做的話就不能稱作社團了嘛……」

「入社標準不明確也會成為日後引燃積怨的火種。多少有偏好或許是在所難免，但是只接納看上眼的人也不能算是健全。」

「嗯～～有偏心之類的情況出現，橙花似乎就會反感。」

我想起嚴格歸嚴格，做人還是明事理的學生會副會長的臉，並且點了點頭。

「順帶一提，末晴哥哥覺得會有多少人想報名加入？」

「我想想……」

穗積野高中每個學年有四百人。

考量到這一點……

「差不多四十人吧？」

我嘀咕以後，瞬間左右同時傳來接話的聲音。

「——小晴，你想得太簡單了。」

「——小末，你太低估了喔。」

我不禁語塞，但姑且還是對她們搬弄起自己想出的邏輯。

「四十人說起來非常多耶。那樣占新生的一成，社員最多的足球社，兩個學年合計才三十人左右。我會預估四十個人，是設想過全數接納的話會變成校內最大社團耶。」

「我猜會有一百人。」

「咦……？」

「志田同學那樣估算啊？不過我預估會有一百五十人左右喔。」

「人家猜的數字是在一百～兩百之間。」

「……真的假的～～」

雖然不曉得實際狀況會是如何，不過我估的數字確實最少。

真理愛在玩偶般的可愛眼睛裡灌注活力，並且對我們說之以理。

「來整理整件事情吧。社團要篩選加入的成員本來就有違規範，只不過我們以往都有理由說『畢竟是中途成立的社團，廣納成員會引起爭執』，學校才接受我們制定的『需要正式班底投票表決』這一項原則。」

「意思是四月過後就不能用『中途成立的社團』當藉口嘍？」

「是的。不過呢，視我們因應的手段，應該還是可以讓校方理解讓報名者全數加入並非善策。這代表我們在四月之後可以聲稱『接納所有報名者會危及其他社團的存續，所以演藝研究社安排了獨自的入社標準』，用這種方式來達成量少質精的規畫。」

「哲彥就是因為這樣，才出了習題要妳『構想用什麼標準來接納新生』嗎？這樣的話，定出來的標準似乎也要受到老師以及學生會審核耶。」

「所以哲彥學長出的習題也包括了標準要能過他們那一關啊。」

原來如此，難怪真理愛會說不容易。

枯葉發出窸窣聲響從路旁滾過。

我一面走一面把雙手在後腦杓上交握。

「不過，會說到新生……表示我們離高中三年級已經不遠了嗎？我總覺得自己好像才剛升上高中，真是轉眼即逝耶。」

暑假時我曾覺得高中生活還剩一半以上。

但之後已經過了幾個月。

高中二年級再三個月便要結束，我即將進入最後的一個學年。

到了高中三年級，報考大學應該就近在眼前。正因為群青同盟的活動讓我玩得很開心，眼看著高中生活快要完結，有股難以言喻的落寞感湧上心頭。

「——末晴哥哥。」

突然間，真理愛拽了拽我的大衣。

我停下腳步回頭，真理愛就咧嘴一笑。

「所以你還是別用功，留級重讀吧！跟人家一起畢業就可以了！」

「妳別帶著笑容講出那種要人命的話啦！」

白草揑起眉心，黑羽嘆了氣，然而真理愛對自己的鬼點子好像很滿意，之後還頻頻找機會向我勸說：「留級陪人家吧！」

＊

寒假有些玩過頭的我們在回程順道去了圖書館，讀過書以後才各自回家。

「呼啊～～」

久久沒上學的疲倦感好像一口氣發作了。

我打著呵欠推開玄關的門，然後脫掉鞋子。

在我踏進家裡的時間點，老爸從客廳探出頭。

「末晴，你怎麼沒說『我回來了』？」

「老爸……原來你在家啊。」

「還不快說？」

我的內心隨之躁動。

老爸既嚴格又寡言，是個硬派的昭和型父親。從他低沉的嗓子吐出的字句不多，更令人覺得有分量。

不過那不要緊。我可以接受。

問題在於他對小細節都是這副脾氣。

希望大家為我設想看看。

平時我近似於獨居，回到家自然不會打招呼。家裡沒人卻說「我回來了」有多寂寞，我是很清楚的。

所以老爸只要別對我問候的細節囉嗦太多，口氣放軟改說：「爸爸在家的時候要記得講『我回來了』。」我就會乖乖照辦。

可是老爸卻用低沉得好似能震地的嗓音問：「末晴，你怎麼沒說『我回來了』？」

我嘆了氣回話。

「是是是，我回來了。」

「不用加是是是。」

「加不加都無所謂吧。」

「遣詞用字是一切的基本。」

「我想洗澡，先去燒洗澡水嘍。」

我找了這樣的理由想從旁邊通過。

然而老爸似乎無意放過我。

「洗澡水燒好了，晚餐也煮好了。你回房把書包擺好就去洗澡。之後，我有事情要跟你邊吃飯邊談。」

「……我明白了。」

我有非常惡劣的預感，卻又不能當耳邊風。

我只好走向自己的房間。

洗完澡，來到客廳。餐桌上擺著老爸用爛廚藝做的炒青菜和味噌湯。

「…………」

老爸的廚藝不太高明，寒假期間基本上都是由我下廚或者叫外賣，我事先表示自己要出去跟朋友一起吃飯而各自用餐的情況也不少。

我冒出更壞的預感，並且坐到老爸的正對面。

「奇怪，老爸，你那隻手是怎麼了？」

仔細一看，我發現老爸的左手腕捆著繃帶。

「……這只是今天健身稍微扭到。」

「工作呢？不是從明天開始嗎？」

「調整過延到一週後了。」

「那麼，你這段期間都會待在……」

「家裡。」

唔哇～～好麻煩……老爸不在才比較輕鬆啦……

我一面將筷子伸向炒青菜，一面看了老爸的手腕。

（受傷的地方比以前多……）

基於職業的特性，老爸受傷的機率不低。他在一年前就曾經骨折在當地住院，磨破膝蓋受點小傷則是家常便飯。

（老爸也上了年紀嗎……）

他的頭上開始混有些許白髮。過五十歲會這樣也是無可奈何吧。

「我說老爸，你的年紀也滿大了，是不是可以考慮換個安全一點的行業？」

「……沒必要。」

「上次不是有人邀你去當替身指導嗎？那件事怎麼樣了？」

「早就推掉了。」

「但是你趁這次受傷，多考慮一下會不會比較——」

「與你無關。」

「並不是跟我無關吧？」

「……我受什麼傷都無所謂。」

老爸那種口氣讓我火了。

「就說了有所謂吧！」

「要怎麼對待自己的身體隨我高興。」

「或許是那樣沒錯啦！」

「那不就得了？」

「……啊～～夠了！」

受不了，真希望老爸也能顧慮一下我為他操的這份心。

唉——我嘆了口氣，然後吃起格外鹹的炒青菜。

電視傳來藝人的笑聲。我跟老爸完全沒有共通的話題，對話的契機匱乏得令人絕望。

當我喝下味噌湯，正覺得湯頭太淡沒什麼滋味時，老爸開口了。

「末晴——你真正喜歡的是誰？」

「噗——！」

我忍不住把味噌湯噴了出來。

我被嗆得猛咳，一邊拿餐桌上的抹布擦起飛濺的湯汁。

「老、老爸，你在問什麼啊！」

「我指的當然是跟你有來往的那些女孩子。」

「為什麼我非得跟你講那些！」

「身為男人，我並不是無法理解你會對可愛的女孩子三心二意。年紀輕的時候應該就更免不了。」

「欸～～我不懂你在說什麼耶～～」

希望大家能想像看看。

我正值青春期；家人想談感情問題；對方還是老爸。

這種處境會讓我有什麼感覺——

……尷尬到不行。

……欸，我講真的，這簡直……尷尬到爆炸。

要說在人生中最不希望讓誰來插手自己的感情問題，老爸跟老媽應該排得到第一名吧？

跟老爸待在一起原本就夠難受了，居然還扯到這種話題……我很久沒有冒出這麼強烈的逃避念頭……

「有你出現的影片，我姑且都看過了。」

「！」

「黑羽、可知、桃坂，全都是有魅力的少女。她們三個想必都很受歡迎，你應該也會感到迷惘。」

「啥！你在說什麼啦！老爸，我可是完全聽不懂！」

唔，太痛苦了……！

沒想到喜歡的女生被老爸知道，感覺會這麼丟臉……！

不好意思，我並不想開誠布公地聊這件事！總之只能裝傻到底了……！

「……真受不了，連我都對自己的兒子感到羞愧。你配不上那些女孩子，甚至到了可悲的地步。」

「你說什麼……？」

我對這樣的台詞總不能當作沒聽見。

或許老爸說的話是正確的，可是我本來就對老爸懷有抗拒的心理，實在無法坦然接受他那樣講我。

「你那算什麼演技？就只是仗著自己有天分嘛。由我來看，你擁有與生俱來的豐富天分，卻不懂得努力琢磨，只像個得意忘形的小孩。正因為天分被糟蹋才更顯醜陋。坦白講，讓人看不下去。」

「唔！」

我本來想應付過去，但是被說成這樣就不行了。

在我咬牙隱忍的時候，老爸還落井下石。

「你只有目前當學生才會受到大家讚賞。憑你這樣，要跟將來大有展望的黑羽她們比，連我都覺得過意不去，難道你沒有自覺嗎？」

「為什麼我非得被你說成那樣！」

我發火了。

我起身俯視面無表情坐著的老爸，並且瞪向他。

「因為這是事實。」

「說我糟蹋，還說我醜陋，老爸你當演員又沒有紅過，哪會曉得啊！」

我刻意用了最能傷害老爸的言詞。

或許這樣講他很過分，可是他也一樣說了很過分的話。

這叫以牙還牙。

「我就是沒有紅過，所以才懂。」

老爸面不改色地說道：

「努力過也沒有天分讓自己走紅的人，以及有天分卻不肯努力而沒能紅起來的人，至今我看了很多。不，就連有天分又肯努力卻得不到回報的人，也一樣為數眾多。過去你當童星獲得了成功，應該是有當童星的天分。然而，之後未成大器的演員也多得很，我想你總不會不知道吧？」

「這、這個嘛──」

「努力並非問題，身為童星需要的天分，以及長大成人當演員需要的天分，應該是因情況而異。你目前受到了肯定，然而長大成人後就不知道是否管用了。你極度缺乏要努力耕耘的土壤與誠意。」

「唔……」

傷腦筋的是我回不了嘴。被老爸拿長大成人後的演員當標準，我就吭不出半點聲音。

「所謂的誠意，可以從細節感受到。你對那些可愛的少女有竭盡誠意嗎？」

「呃，那跟這是兩回事——」

「殊途同歸。尤其是黑羽……聽說，你在聖誕派對上被她告白了？」

「你、你怎麼知道的！」

老爸居然會知道這件事……

因為碰巧有人在網路上留言嗎？關於這一點，哲彥應該幫忙帶過風向，早就被當成胡言亂語而失去可信度了才對……

「情報從哪來的並不重要吧。在文化祭是你主動告白，然後被甩了；在聖誕派對上卻是由黑羽向你告白，其間才短短三個月。我認為誠實的男人不可能改變心意，要接受告白才合道理，但你似乎保持在暫緩答覆的狀態。」

「唔唔唔……那是因為當中有許多隱情……」

「越會偷腥的男人，講話就越溜。我問你，你知道自己受了黑羽多少照顧嗎？不只黑羽，銀子太太對你的關照應該數也數不盡。你有沒有想過要尊重人家的女兒？」

「等一下，那跟這是不同的問題吧。」

我暫且打斷老爸的話鋒。

「黑羽跟銀子伯母都有照顧我，我也很感謝她們，但是你不可以把戀愛跟那些人情扯在一起吧！」

未免跟現代的觀念脫節得太嚴重了。因為銀子伯母很照顧我，所以我要答應跟黑羽交往！講這種話才更加不老實。

老爸用中指推了四方型的眼鏡鏡框，然後深深嘆息。

「受不了現在的年輕人。在我那個時代，男子漢就是要粗獷不修邊幅。公開表示自己喜歡誰是可恥到要切腹的，同時心儀多名女性在道德上更會被視為不像個男人。男子漢要為喜歡的女性拚命才合情理，而懦夫就是像你這樣。」

「你講話突然變好快！」

沒錯，老爸有問題的地方並不只有那些小細節。

他的價值觀陳舊，還想直接強加在我身上。

「老爸你那是昭和的思維啦！現代人圓活多了！」

「圓活是什麼意思？」

「常識都是別人擅自決定的吧？當你覺得非這樣不可的時候，就已經混有偏見了。雖然應該盡量避免給人添麻煩，但是當事人彼此覺得幸福比較重要啊。老爸，你要那樣說的話，ＬＧＢＴ的問題又該怎麼辦？」

「唔——」

「我跟小黑最近常常溝通。彼此成長以後，已經沒辦法保持跟以前一模一樣了。我們正在討論當中的差異，想藉此加深對互相的理解。」

「那不就是所謂的保留當備胎嗎？區區高中生就學會這套……太令人羨——簡直太不成體統了。」

「——喂，老爸，你剛才是不是想說羨慕？」

「我沒有。」

「你有說吧？」

「我沒有。」

我好像逐漸搞懂了耶。

從老爸的立場，應該是想避免我跟黑羽因為感情問題起糾紛。畢竟我們跟志田家全家人都有往來。可是我本身的態度卻搖搖擺擺，他才要對我說教——

——原本我是這麼想的，但如此一來就會冒出疑問。

那樣的話，為什麼我在文化祭被甩的時候，老爸就什麼都沒說呢？這是思考途中會碰上的一個問題。

換句話說——

「老爸……你該不會只是在不爽我有女人緣吧……？」

「……錯了。斷然沒那回事。」

嗯～～他看起來好像有點受動搖，不過真相究竟如何呢……

「我始終專情於你媽媽。」

「嗯，這我倒不懷疑。」

老爸身邊完全沒有女人的蹤影，這是我從黑羽的父親，也就是老爸的好友道鐘先生口中得知的。

以前，道鐘先生好像替老爸說媒過，他似乎是顧慮家裡頭只有父親要養育我會不會很辛苦。

不過老爸勃然大怒，明明彼此是知心好友，老爸卻好像氣得一個月都沒有跟對方講話。

「我現在也還愛著有紗。」

「嗯，那固然是好事啦——」

聽起來總覺得老爸是在掩飾真正的心聲，才會跟我特別強調。

「老爸，難道說……你都沒有女人緣？」

「！」

老爸的太陽穴一抽一抽地有了反應。

「因為兒子身處於自己當學生時憧憬過的情境就心生嫉妒……該不會是這麼一回事吧？」

我試著想像了一下。

當自己成為父親，要是兒子身旁圍繞著一群可愛的女生……這樣的狀況。

哎，滿不是滋味的。

當然只要老爸說一句「別胡思亂想」，我的質疑也就只能到此為止——

「…………」

看來我的質疑比預料中更直擊人心。

「欸，老爸……你這樣未免太不成熟……老實講，我不敢領教耶。」

「少……」

「少？」

「少囉嗦！」

老爸忽然站了起來，連椅子被撞翻都不管。

「你就是仗著自己得天獨厚！改改凡事都半吊子的毛病吧！」

「老爸你自己把每件事都做到完美的話，要教訓我倒還有說服力啦！你現在不就連接個工作都會搞到手腕受傷嗎！」

「唔……」

「我知道自己有很多地方讓你看不順眼，但是我也有思考跟努力啊！你明明什麼都不曉得，別對我說教！」

「你口中的思考就是驕縱！」

「明明你平時都不在家！有資格對我擺架子說話嗎！」

「我是你父親，而這裡是我的家！你過生活要靠我賺的錢！所以叫你聽我的意見是天經地義吧！」

……這算什麼話？

照這套邏輯，世上所有小孩不就都得對父母唯命是從？意思是不聽命於父母就要自己賺錢並且獨力生活嗎？簡直像是脅持生活來跟人談判的行為。

我最討厭被人用那種口氣對待。

既然我是小孩，就沒辦法選擇自己的父母，即使想賺錢，在年齡方面也無法隨心所欲，以時間來想要一邊上學一邊工作更是不可能。

（老爸單純是為了叫我聽話，才那樣說出口的吧。）

他並沒有用生活來脅迫人的意思。他只是價值觀老舊，性格上是不會恃強欺弱的，我身為兒子還是明白這一點。

不過——即使如此——有些話就是不能說出口。

他用那樣的台詞，已經足以觸怒我。

「哦～～！那表示我只要不住家裡，就不用被老爸唸東唸西嘍！」

我氣得腦袋充血。

「喂，飯才吃到一半！」

「誰管你！」

無論我怎麼說，這個臭老爸都不會懂。

我離開飯廳，然後回自己房間拿出了旅行用的後背包。

接著我塞了日常生活需要的制服、內褲等衣物，還有教科書一類，最起碼的物品都在裡頭。

「……好！」

我揹起後背包走下一樓。

至於老爸——人似乎還在飯廳。

他從以前就這樣。即使跟我起衝突也不會道歉，什麼話都不說就擱著不管。就算是他自己有錯，也要有人居中調解，頂多才會咕噥一句「是我說過頭了」。

「哼！」

總之要跟老爸待在同一個家裡，我氣不過。

於是我奪門而出。

感受著自由的氣息。

*

「——讓我留宿。」

「——滾！」

哲彥住的公寓。

開門瞬間遭到的拒絕，讓我在衝出家門三十分鐘過後，早早就受挫於嚴厲的現實。

當我想留宿別人家裡時，首先能指望的是志田家。

兩家人之間有往來，彼此還是鄰居，關係、地點全都無可挑剔。

然而那些優勢在這次全成了阻礙。

老爸跟志田家的道鐘伯父與銀子伯母都有連繫。那麼一來，我待在志田家馬上就會被發現，而老爸聽聞以後——

『你離家出走跑去投靠那裡啊？依舊是個毫無骨氣的傢伙。』

可以想見他會像這樣嗤之以鼻。

我無法忍受老爸手握身為家長的絕對權力擺架子，卻跑去他的好友家裡接受照顧，總歸是本末倒置。

再說志田家全是女生，躲到他們家會有太多問題，所以這次我暫且不找志田家的人商量。

那麼，能指望的下一個人是……我思考後想到了哲彥。

「拜託！哲彥，你實質上是一個人住吧？」

哲彥的雙親已經離婚，目前哲彥似乎是歸母親扶養。不過他母親據說為人有滿大的問題，實質上擔任監護者的是祖父母。

祖父好像是在神戶經營大公司的老闆。我聽哲彥提過，要住到神戶的話就非得轉學，他那個富裕的祖父名下有棟鄰近我們學校的公寓，而哲彥形同一個人住在裡頭。

「哎，我姑且聽聽你有什麼苦衷。說吧。」

哲彥為了防止我闖進家中，就靠在門緣，還用腳底踩住門框。

因此，我在玄關門口簡單向他說明了自己跟老爸吵架的事。

哲彥聽完整件事以後，便交抱雙臂思索起來。

「原來如此，我了解狀況了，但是呢……」

「怎樣啦，有什麼原因不能讓我進去？」

「除了女生之外，我不想讓其他人進家裡耶。」

「啊哈哈！你去死啦！」

渣到嚇人的態度讓我豎起中指。

哲彥見狀便打算隨手關上門。

「掰，末晴。」

「喂，給我慢著！」

我連忙攔阻，哲彥就皺了一下眉心。

「嗯？你叫我慢著？」

「啊，不是，你能不能等等呢～～？」

「掰。」

哲彥又打算關門。

我急忙把手指伸進門縫，做出抵抗。

「欸欸欸！請、請你等等啦！拜託你了！哲彥大爺！」

「沒錯沒錯，你從一開始就用那種口氣會比較好喔，講話的態度可是很重要的。」

可惡，這傢伙有夠渣的……

我才稍微示弱就被他這樣對待……

關門的力道變輕了，相對地我灌注了殺氣對他發送念力。

「嗯～～」

天曉得哲彥在考慮什麼。思路依舊讓人猜不透的傢伙。

哲彥將視線轉開思索了一下，然後開口：

「總之我當下絕對沒辦法留你過夜。等過了晚上十點，假如你怎麼找都還是沒地方留宿，再聯絡跟我說一聲。」

「……過十點就可以了嗎？」

「照我的預測，感覺情況倒不會演變成那樣。」

哲彥說出若有深意的話，並且關上門。

我仍然一頭霧水又無處可去，只能呆站不動。

＊

哲彥確認末晴從門前離去以後，就一邊搔頭一邊回到了客廳。

「哲彥，你不讓他留宿行嗎？」

「可以啦，舅舅。」

哲彥朝坐在沙發上的舅舅——甲斐清彥聳了聳肩。

「畢竟，我想看看命運會往哪一邊靠啊。」

「……一臉壞心的表情。我看你是遺傳到姊姊的缺點了吧？」

清彥摸了摸下巴留得有品味的鬍鬚，並且出言調侃。

「別這樣，舅舅。居然說我像那個老太婆，就算是玩笑話我也不想聽見。」

「……我知道了。只是我姑且勸一句，你最好不要把自己的母親叫成老太婆。」

哲彥並不打算乖乖聽話，但這時候吵起來也沒有好處，他便沒有回嘴。

當哲彥一語不發地在沙發上坐回原位，清彥似乎察覺到他的心思，就巧妙地換了話題。

「所以，你說想看末晴小弟的命運是指？」

「呃，我並不是想看末晴的命運啦。」

「啊，原來如此。是白草小妹和真理愛小妹那邊嗎？」

「答對了。」

不愧是舅舅——哲彥心想。

舅舅一向直覺靈敏，理解力又高，多虧如此談什麼都省事。

「目前，志田靠著聖誕派對的公開告白獲得了有利的立場，連周遭的人都因為她公開告白的那股勇氣，形成了相挺的氛圍。即使說局面尚未走到死棋……也可以說已經接近將軍了。」

死棋是下棋術語，指的是棋手陷於無論怎麼走都會輸的狀態；將軍則是棋手不做出反應就會輸的狀態。

換句話說，白草與真理愛再不使出手段，黑羽就贏定了——哲彥是這麼看的。

「對手優勢到這種程度，我認為她們要挽救就要靠相應的策略或者命運的引導。」

「照你的想法，目前正是『看她們能不能讓命運向自己靠攏的局面』嘍？」

「畢竟對可知與真理愛來說，沒有比現在更好的機會啦～末晴翹家要找人求救的話，正常來想會找志田。從交情長短及關係深淺而言，無論如何都會這樣。但是——」

「看他像這樣跑來投靠你，應該是沒有打算去黑羽小妹那裡。他要找人投靠的話，你原本應該會排在後面才對。」

「就是啊。似乎因為志田跟末晴兩家人之間都有來往，他才避開了～～」

「而且，你剛才又拒絕讓他留宿。這麼一來，末晴小弟能投靠的地方就滿有限的。」

「我想，末晴也不會主動求可知或真理愛讓他留宿。要拜託根本都還沒交往的女生讓自己住下來，門檻太高了。何況他對她們有戀愛感情，還處於心意在幾個人之間搖擺的狀態……考量到這些，末晴是開不了口的啦。」

「不過『要是白草小妹或真理愛小妹主動邀他，應該就另當別論』。」

主動開口有困難，但對方肯提議的話就謝天謝地——像這樣的事情多得很。自己閒著無聊卻不好意思邀別人……然而有人在這時候來玩或者找伴打遊戲就會很開心……舉例來講便是如此。現在的末晴正可說近似於那種處境。

「就是這樣。目前末晴真的在傷腦筋，他急著要找能救命的稻草。所以說，在我從現在計時到晚上十點的時間限制之內，要是可知或真理愛其中有一邊跟末晴聯絡，舅舅你覺得事情會變成怎樣？」

哲彥賊賊一笑，清彥就捏了捏下巴的鬍鬚。

「我還想你定晚上十點有什麼意義，原來是這個緣故。你判斷她們倆要是會跟末晴聯絡，應該會選在十點以前。」

「正是如此。假如可知或真理愛受了命運引導，跟末晴聯絡，末晴肯定會說出自己現在的窘境吧。那麼一來，她們倆絕對會叫末晴過去留宿。或許該說幸好，她們家裡寬敞得讓末晴借住過夜也不成問題，家人也都能體諒。」

嗯——清彥苦惱似的嘀咕：

「當下你並沒有任由命運擺布，而是處於『要操控也一樣有辦法的立場』。我倒覺得那樣做比較合你的喜好，不是嗎？」

「不愧是舅舅，還真了解我耶。」

哲彥臉上不禁浮現笑意。

（從這種思路來看——我肯定像舅舅。）

哲彥不得不認為比起自己的親生母親，身為母親弟弟的清彥更讓他有親近感。

「那你怎麼沒有出手？將消息透漏給她們倆其中一邊就行了吧？三分鐘之內就能完事啊。」

「說到這個嘛，舅舅。」

哲彥倚向沙發扶手，用手背托起下巴。

「我最期望的局面是均勢。但如果可知與真理愛追上志田所在的那條標準線，我想終點就近在眼前了。」

「你說的標準線是『告白』嗎？」

「可以這樣解讀。」

「……哎，只要末晴小弟沒被告白，即使那兩個女孩再怎麼示好，他都可以假裝成『沒有察覺』或『沒有看見』。不過正如你所說，要是所有女孩都告白完畢，以撲克來講應該可以視為所有人都跟注完畢。那麼一來，表示賭局將無法再拖延，之後只能開牌看結果吧。」

「一般來想是這樣的。不過因為志田並不是一般人，她出奇招讓我跌破眼鏡的可能性並不為零。」

「難得看你把人評價得那麼高。」

「嗯，假如撇開計畫不談，單靠私情來決定支持誰，我從之前就主推志田。」

「……因為你受了那女孩的影響嗎？」

一瞬間，哲彥判斷不出對方在說什麼。

「我是指過去常跟你在一起的，『那個青梅竹馬』——」

「唔！舅舅！」

清彥絲毫不受激動的語氣影響，還凝視著哲彥。

「怎樣？」

「……話題岔開了，講回原本那件事吧。」

哲彥讓前傾的身體坐回原位。

「說穿了，我不打算因為私情就支持可知或真理愛任一邊，而且我通風報信的話，其中一方跟末晴加深關係以後，『難保不會讓宣告結束的時鐘指針隨之推進』。所以我決定把命運交給老天，看骰子擲出什麼點數。」

「……哎，你會做出那個結論，倒也不是無法了解。」

哲彥將擺在桌上的筆記型電腦轉向清彥那邊。

「既然狀況是這樣，我希望盡早先讓計畫進行。種子已經撒下去了，但萌芽需要花時間，還必須隨時調整。看了有介意的部分就告訴我。」

「……我明白了。我想專注心思，幫我沖咖啡。」

「舅舅，你對咖啡的味道很囉嗦耶……」

「別抱怨。人生當中的幸福，有一成取決於咖啡。換句話說，練好沖咖啡的技術，幸福度就會跟著提升。我並不是對味道囉嗦，而是在疼愛外甥幫助他幸福。」

「是是是～～」

哲彥邊嘟噥邊往廚房去了。

＊

「白白，熱水的溫度可以嗎？」

我從浴室出來後，紫苑就過來搭話。

她應該是在洗東西，女僕裝的袖管有點濕。

可知家從早上六點～晚上八點之間，隨時都會有兩三名幫傭。紫苑則不被算在那些幫佣之內，而是像家裡的小幫手一樣在協助家務。

紫苑是被可知家認領來當我的姊妹，因此原本她並沒有必要幫忙做那些家事。然而重情義的紫苑因為受了照顧，就深深認為自己非報恩不可，才會開始仿效女僕做家務。

話雖如此，由於她從小學時就一直幫忙，做家事的技術遠超過外行人水準。幫傭們傳授給她的那些技術，已經到了可以藉此謀生的境界。

「水溫相當合適。紫苑，妳要不要也洗個澡？」

「好的。」

現在時間剛過晚上八點。幫傭都回去了，對紫苑來說也算私生活的時段。

只是紫苑在這種時段仍會端飲料給我。她對所有娛樂都不感興趣，又很容易寂寞，才要趁端飲料過來的機會跟我聊天。

「…………」

我慎重地確認了紫苑的去向。

（……既然她往這邊走，肯定會先回自己的房間才對。）

從對話推斷，紫苑是去拿替換的衣物，然後就直接到浴室吧。

紫苑喜歡泡澡，都會在浴室待很久，一小時之內是不會出來的。將她準備的工夫、移動時間與零零總總的空檔算進去，應該起碼有一個半小時不會到我的房間……

（——好，趁這個時候。）

我快步回到自己房間以後，就在房門上掛了「勿出聲打擾」的牌子。

這是我想專心執筆寫作或用功時會用的。

不過，之前我跟小末一邊保持通話一邊念書的時候——

『白白！我聽見房裡有丸同學的聲音耶，這是怎麼回事！請妳說明！』

曾經被紫苑連連敲門這麼問。因此，剛才我就跟紫苑確認了她洗澡的時間。

（……打電話給小末吧。）

我如此打定主意，並且在執筆寫作時的座椅坐了下來。

（……要跟桃坂學妹一樣當眾黏著小末，實在既害臊又為難。）

但是，既然我想不出有效的手段，現狀便只能增加跟小末接觸的次數。這樣的話，我手上最有用的一張牌就是「我們建立了邊通話邊念書的關係」。

今天大家在圖書館用功之際，我姑且說過「家裡有參考書將這個題目彙整得很好，我會找找看」，預先為方便聯絡鋪了路。

趁紫苑不會來干擾，祭出這張牌跟小末聊一聊吧。

我下定決心，打了電話給小末。

傳訊息互動比較輕鬆，但是用訊息的話，互動有可能一下子就結束。

假如要讓兩個人的關係更有進展，對話會比較好。再說我也比較喜歡對話。

我懷著如此的目的打了電話。

去電鈴聲使我的心跳飛快加速。

再怎麼說，我也開始習慣跟小末講話了。但如果換成講電話，過多久也還是無法適應。

或許，只聽聲音的形式刺激了我的想像力。

老實說，我也非常喜歡小末的嗓音，因此有時候光是一邊聽聲音一邊念書——

（啊～～太令人喜愛了……）

我就會冷靜地冒出這種念頭，到最後還暗地裡羞得翻來覆去。當然這並不能跟任何人提起就是了。

由於有這一層緣故，明明只是打個電話給小末，我已經緊張得冒手汗。

電話鈴聲響得比平時久，當我心想要不要暫且放棄而把手機從耳邊拿開時，電話就被接起來了。

『喂？』

「唔！」

無論打過幾次電話，聽見第一聲的瞬間，我的情緒就會隨之高漲。如果有人看著，或許一定會說我正在「獰笑」。

當然，我是個年紀輕輕的少女，那種表情我無意讓任何人看見，但至少在自己房間時，讓我享受一下這種陶醉感應該也可以吧。

「晚安，小末。你現在方便嗎？」

我在一秒鐘之內做回「想展現給小末看的冷靜自我」，還若無其事地拋出話語。

然而——

『啊～～對啦，要說方便的話算方便，要說不方便的話或許也算不方便……』

「咦？」

不得要領的回答立刻勾起了我的注意。

「小末，怎麼回事？」

畢竟這是打開話匣子的機會。何況小末目前是什麼樣的處境，也讓我單純感到有興趣。

『該怎麼說才好呢……』

「希望你原原本本地告訴我。不要緊，有祕密的話我會保密，而且無論是任何內容我都會表示諒解。」

『哎，也不是什麼大事啦——』

小末這麼說完，從他口中透露出的內容對我來講，實在無法稱為「不是什麼大事」。

「那麼，意思是現在你翹家了，還在外頭遊蕩無處可去嗎！」

『是啊。我實在走累了，肚子也餓了，連手機的電量都不太夠。我正在考慮要不要到車站前找一間連鎖店進去消費。』

這、這這這、這簡直是……

天大的好機會不是嗎！

這是上天安排好的，命運肯定選擇了我這一邊。

（我、我要冷靜……）

越是像這種時候，越不能猴急……

但為了避免錯失這次機會，我要全力讓頭腦運作，盡可能積極地說服對方。

「小末，不嫌棄的話……來我家好嗎？」

『咦！』

「畢竟你無處可去吧？」

『是、是這樣沒錯，不過到女生家接受照顧未免太……』

這些回答都在料想之內。小末之所以沒有找我或桃坂學妹投靠，無疑是因為有這道心理上的門檻。

我應該只要將其一一解套就好。

「你已經來過我家，所以也曉得吧？我家裡有很多空房間啊。」

『那倒是……』

「或許叫你來我家的用詞造成誤解，我當然不是指自己的房間，所以你不用跟我客氣喔。」

『也、也對喔。』

他鬆了口氣……但是，也能感覺到有些許惋惜的調調。

換句話說，小末多少有期待跟我在相同房間過夜——這樣的話，我要成為女友還是有十足的希望。

果然我只能充分利用這個機會，為了對抗志田同學。

「我們家是請幫傭做家事，多一個人住也不會有問題啊。」

這算小施手段牽制。

我要讓小末了解，假如他去投靠志田同學或桃坂學妹，家事是由她們的家人負責，那樣內心會比較過意不去吧？

實際上，跟志田同學或桃坂學妹相比，我家更適合接納突然來訪的客人。原本爹地就希望隨時都可以接待來客才蓋了這間宅第，況且也有幫傭。

（厲害……我可以感覺到局勢起風了……）

要出殺手鐧就趁現在。

如此心想的我對小末灌了迷湯。

「小末，我是因為受到你的照顧才想報恩的。這次是個不錯的機會，讓我回報你的恩情……

……好不好嘛。」

『嗯唔！』

最後那句「好不好嘛」，我試著豁出去用央求般的語氣。原本這種賣俏的做法有違我的主義，但是志田同學已經使出了那樣的猛招，我覺得我只能盡自己最大的能力出擊。

看來我順利擊中要害了。

小末喉嚨哽住，還嗆得猛咳，即使隔著電話也能在在感受到對方有多麼心慌。最後他便這麼嘀咕了。

『那、那麼……大概要請妳關照嘍。』

我在內心打好跟小末會合的算盤，然後掛了電話。

「嗯嗯——～～！」

不用說，我還忍不住握拳叫好。

第二章 床上的兩人

＊

我抵達白草家以後就傳了訊息。

白草的家被圍牆環繞，正面則有附設監視器的門。沒有人幫忙引路的話，即使抱著被警察逮捕的決心也很難闖進這種宅第。

我等待的地方並非宅第正面，而是位置正好相反的後門。白草有指示我來這裡。

正當冷得彷彿要下雪的寒流讓我將大衣前襟合攏還打起哆嗦時，後門緩緩地開了。

「啊，小末……」

探出臉的白草吐出白茫氣息，臉色變得紅潤。

在戶外燈光下就十分醒目的烏黑長髮潤澤亮麗，睡袍外只披大衣的模樣格外撩人。

「對、對不起喔，小白。這麼突然……」

「不會，遭遇困難時就是要互相幫助啊。來吧，趁紫苑還沒發現往這邊走。」

白草趕來身邊，牽了我的手。

細長、嬌小卻又溫暖的手。更重要的是，手被自己意識到的女生握著，如此的事實產生了足以將寒冷拋諸腦後的熱度。

（啊……）

忽然間，我想起了一件事。

「總覺得，這跟以前相反呢。」

我一邊讓白草牽著手一邊嘀咕。

「什麼意思？」

「妳想嘛，以前妳沒辦法出門的時候，我曾牽著妳的手想從這道後門帶妳出去吧？現在我們就反過來了，要說的話。」

「啊……」

我們沿著宅第的牆際前進，因此白草被來自窗戶的光照到了。

可以曉得的是，她的臉龐染上了紅暈。

「……還真羅曼蒂克。」

這句話恐怕並沒有要我回應吧。白草是朝著沒有人在的前面嘀咕。

我耳朵被羅曼蒂克這個詞的餘韻支配，並且讓白草牽著手進了屋裡。

＊

沒想到我居然被領到了白草的房間。

「小、小白……在這種時間未免……」

「總之你先進來，小末。」

我不禁退縮，白草卻是一臉嚴肅。

我對冒出歪念頭的自己感到羞恥，就決定先進房裡。

「唔……」

有洗髮精的香味挑逗鼻腔。

黑羽的房間也是這樣，聞起來跟男生的房間就是明顯不同，甚至讓我懷疑她們是否用了能刺激腦部的特殊香氛精油。

（我現在該不會正待在非常不得了的地方吧──）

畢竟白草是我的初戀對象，更是拿過芥見獎的女高中生作家，還漂亮得足以上雜誌刊登寫真，平時都擺著一副從容酷樣且散發出難以親近的氣場，而我居然到了這樣一個女生的房間，又是在晚上孤男寡女相處──

這些想法在我腦裡不停打轉。

不行，我越想認清現實，越覺得自己快要流鼻血。

白草順手將房門上鎖，然後拿了衣架。

「啊，小末，你隨便找地方坐。」

話說完，她自己脫掉大衣，掛到吊衣架上頭。

問題在於，從底下露出來的是一襲輕盈的睡袍。

白草還坐到床上，順便脫起黑絲襪。

……破壞力實在太強，讓我仰頭望了天花板。

看來白草似乎將睡袍與睡衣視為同等。

但我的認知不一樣。

睡袍比睡衣還色。當然也要看款式設計，不過白草穿著的是接近於薄紗洋裝的俏麗型睡袍，感覺細看或許就會發現內衣透出來的那種設計。

「你盯著天花板看，怎麼了嗎？」

「小白，我覺得妳那副打扮未免太鬆懈了，能不能披件什麼？」

「會嗎？」

白草偶爾會像千金小姐一樣漫不經心。在懷有慾望的男人看來，那應該也能當成「破綻」。

平時酷酷的言行，以及嚴厲眼神。她迷人的肉體受到那些特質掩蓋，此刻卻只裹著近乎透明的布料，正以毫無防備的狀態暴露在眼前——這種形象落差是犯規的。考慮到高中男生的脆弱理性，她這種漫不經心的態度應該可以稱為犯罪吧。如果我是父親，這時候就會向白草說教一番，要她對本身的魅力有自覺，並且愛惜身體。

（這樣簡直就是叫我伸出狼爪嘛——）

不，我感受不到白草有盤算。她只是「純真無邪」罷了。

這麼思索就會覺得又添了一層魅力，所以才恐怖。

我大口做了個深呼吸，心想必須趁理性還在的時候先說清楚——於是，我把話擠了出來。

「畢竟我也是高中男生……妳那副模樣相當『打動我』……所以，麻煩妳自重……」

坦白講，我覺得用詞怪怪的。

但是要將毫無虛偽的想法表達出來的話，我只能想到這樣的台詞。

「是、是喔……？」

語氣開朗。

因為我將臉背對白草，不曉得她是什麼表情，還好她似乎沒有曲解我的意思。

萬一——

『小末，你在想色色的事情對吧？明明我是因為你有困難才想幫你的……差勁。』

被她這麼說的話，哪怕外面是如此天寒地凍，我也會冒出拔腿逃走的念頭吧。

「怎、怎樣？小末？你動心了啊？」

感覺白草用了笨拙的方式挑釁。

我想想，換成黑羽在相同的狀況下，應該會變成這樣。

『小晴～～奇怪耶～～你怎麼了呢～～？啊～～我懂了，你對大姊姊心動了對不對～～？』

她肯定會一邊奸笑一邊用驚人媚功掐住我的心。

再換成真理愛的話就是這樣。

『哎呀呀～～末晴哥哥終於對人家心動了對吧，人家知道喔！』

她會用這種口氣惹惱我，一面趴在床上震撼我的腦袋吧。

被可愛迷人得像黑羽或真理愛那種水準的女生積極地勾引，會讓人腦袋融化冒出想直接把身體交給她們的衝動。

不過白草的情況就相反了。

笨拙的口吻會點燃男人心。

既嬌憐又可愛，令人冒出想將她緊擁到懷裡的衝動。

「你、你想看就看啊。來、來嘛，轉向我這邊，小末。」

吞吞吐吐的語氣。可見白草本身非常難為情。

而她的羞澀傳過來以後，讓我有了自己也跟著變得滿臉通紅的自覺。

「小、小白，妳別捉弄我啦……」

「我、我才沒有捉弄你喔。」

「可是妳的聲音在發抖啊……」

「反、反正你轉向我這邊就是了，小末！」

她大概是急了。

白草把手擱到我的肩膀，硬要將我轉到她的方向。

「啊。」

「啊。」

然而，我完全沒料到白草會做到這種地步。

被人從意外的方向一拉，使我雙腳打結。

我倒向白草那邊。

因為白草是把我的肩膀拉向自己，自然會變成這樣。

我跟白草撞在一塊，就這麼倒下。

不知道這要算運氣好或者不好。

我形同把她撲倒在特大號的床上。

「——唔！」

毫不知情的人目睹這一幕，應該只會看成我把白草推倒在床上。

我，在晚上，將白草（初戀對象），推倒在白草（初戀對象）房間的床上。

簡直像拆解過的文字遊戲。情境過於背離現實，「妄想並沒有追上現實」。

或許是因為這樣，我僵掉了。

「…………」

「…………」

欸，為什麼白草都不動啦～～！

她大概只要發出一聲「呀啊！」或「走開」就能讓我回歸現實——我如此認為。

但白草僅僅害羞似的把視線轉向旁邊。

她將雙手嬌柔地併攏於胸前好似在等待著什麼的舉動，當真會讓我理性全失而產生誤解。

「小白……」

「小末……」

我們無謂地互叫名字。

其實我是想找藉口說：「小白，抱歉。我立刻就讓開。」這樣才對。

然而，光看這一幕的話，像不像是我把「小白，我可以直接跟妳更進一步嗎？」的語意省略掉了？

白草的狀況大概也跟我類似。

她本來是想說：「小末，你讓開。」卻害羞得只能說出：「小末……」

肯定是這麼一回事吧。

「啊……」

「嗯……」

不行，緊張過頭讓我沒辦法順利發出聲音，就連動都動不了……

可以感覺到血管正配合心跳收縮。心臟跳得太猛，使得血液循環的流速比平常快了好幾倍。

呼吸變得急促，但我並不覺得難受。甜美快感貫穿了全身。

白草房間裡的氣味、有違常理的情況，以及彼此吐出的溫熱氣息。

在彷彿要讓人酥麻的氛圍當中，白草緩緩地動了嘴唇。

「小末，我好喜歡——」

「——白白！」

唔，這道隔著門板傳來的聲音是……

「我察覺有白白之外的動靜，誰來家裡了嗎！」

叩叩叩，房門被敲響。

這副嗓音，還有毫無顧慮的行動。

我立刻就認出對方是紫苑。

我，還有形同被我推倒在床的白草，都望向房門，蹙起眉頭。

我們對彼此什麼也沒說，打算「默不作聲混過去」的心思卻好像一致。

「該不會……是丸同學在裡面吧？」

「「！」」

欸，我們連半點聲音都沒有發出來耶！為什麼紫苑會知道那麼多！直覺未免太靈了吧！

「……話說，紫苑對氣味是很敏感的。」

白草用細微的音量說道。

「咦！」

「她會不會聞到了小末的味道？」

我的體味傳到走廊上了嗎！之前我曾覺得紫苑有狗狗的屬性，可是她鼻子靈成這樣也太出乎意料了！

「我得趕快離開——」

我打算挪動撐在床上的手。

然而長時間保持相同姿勢，害我手臂麻掉了。

「唔！」

手一滑，我一臉栽到白草的胸口。

「小末！」

「！丸同學在裡面對不對！」

有「喀嚓喀嚓」開鎖的聲音傳來。大概是紫苑身為女僕的關係，她手上似乎有白草房間的鑰匙。

「得把小末藏起來才行……！」

「唔唔唔唔！」

白草主動緊擁我的頭。手臂麻掉的我掙脫不了，無法呼吸使得意識幾乎快要遠去。

只是我根本不覺得難受……不對，我反而感到無比幸福！世界上可會有如此幸福的死法？

啊啊……接引我的花圃就在眼前——

「我、我不行了……」

喀嚓的開門聲傳到了耳裡。

「…………」

「…………」

我處於臉貼在白草胸口的姿勢，所以看不到人，但她們倆不知怎地都沉默了。

「白白——！」

「——暫停！」

紫苑話講到一半，就被白草厲聲制止。

「紫苑……妳懂吧？現在是非常重要的時刻……假如妳敢跟爹地打小報告……就算要對付的是妳……**我也會讓妳體驗想都沒想像過的地獄喔。**」

「**啊，總伯伯～！白白跟丸同學正在做不檢點的事～～！**」

「咦！妳一秒不到就背叛嗎！」

白草把我放開，並且衝去追紫苑。

受到紫苑的介入，我這段像是在天堂地獄間來回的驚奇豔遇爽快地告終了。

＊

由於白草立刻把紫苑追到，紫苑在被摀住嘴巴的狀態下就擒了。

看來紫苑會叫總一郎伯伯的名字，用意近似於威嚇。總一郎伯伯人待在離這裡稍有距離的自己房間裡，因此我們在這個房間吵鬧也還是不會露餡。

「紫苑……剛才我有說過吧？來攪局的話，我不會原諒妳……」

現在紫苑的手被手帕綁著，還被迫坐在床上。站到她面前的白草則是雙手扠腰正在發脾氣，然而穿著有小熊圖案點綴的粉紅睡衣的紫苑卻完全不為所動。

「無論白白要怎麼說，我受了總伯伯的恩情，又身為在這個家工作的一分子，雖然白白對我也有很多恩情，但就算這樣，我還是不能對總伯伯隱瞞事情。」

「妳的真心話是？」

「我當然會選擇站到能讓丸同學陷入危機的那一邊啊～～」

不知道該說紫苑是依舊無法貫徹主義，或者動不動就把真心話說溜嘴……

紫苑固然信奉白草至上主義，同時也可以說她專門針對我吧。

白草跟我親近會讓紫苑排斥，要拉攏她不容易……

「紫苑！」

氣上心頭的白草把手伸到紫苑的腰撓癢。

「呀哈哈哈！不要，請不要這樣！白白！」

「我會撓到妳肯保密才停喔。」

「我、我知道了！我願意保密！」

停止撓癢以後，白草凝望紫苑的眼睛。

「妳是說真的吧。」

「真的。」

只看這一幕，會覺得是兩個女生之間的美麗友情，但我本身完全信不過紫苑耶。

我趁白草將綁著紫苑雙手的手帕解開時搭話了。

「所以呢，紫苑妳接下來打算做什麼？」

「去跟總伯伯報告啊。」

「…………」

「…………」

「…………」

白草默默地把即將鬆綁的手帕重新束緊。

紫苑含著眼淚說道：

「丸同學，你算計我對不對！」

「我也沒想到妳會這麼老實說出來啊！」

應付紫苑實在很累人耶……

「居然算計像我這樣的天才，你滿厲害的嘛！雖然說只是僥倖成功，我可以誇獎你一句！」

「……那麼，小白，我們該怎麼辦？」

「……就是啊，真不曉得怎麼辦才好。」

我與白草一起跟紫苑拉開距離，開始偷偷地商量起來。

要是陪著紫苑瞎耗，再過多久都沒辦法談正事。首先我們兩個要定出對策。

「說起來，緘口令對紫苑有用嗎？」

「我開口要求的話，她大多願意遵守，但是一扯上小末就……」

「有困難嗎？」

「對。我認為最好不要想得太簡單。」

說悄悄話難免會把臉湊近。

吐出的氣息掠過耳朵，令我心動。

「雖然我不知道你們在講什麼……丸同學！你對白白有歪念頭對不對！」

……為什麼這個女生只對那方面特別敏銳呢？

「我才沒有喔～～」

「白白，妳聽見了嗎！他演這種猴戲！他對妳懷有非分之想！他是危險人物！所以——」

「別說了，紫苑。」

白草用十分鎮定的語氣告訴她。

「那有什麼不好呢？男生具備的那種特質，我確實不喜歡。但既然是小末，我不會排斥。」

「咦？」

剛才那些驚人發言，該不會是衝著我說的吧……？

白草對我的遐思不予否認。

假如用直截了當的方式表達，我聽起來只覺得像「要色色是ＯＫ的」。

那就表示……白草對我有好感……還可以解讀成她已經同意我要進一步也ＯＫ……原本白草讓我覺得實在遙不可及，而現在要將她抱到懷裡……或許是可行的嘍……？

「對我來說，小末是很重要的人。他的一切，我都希望能接納。所以紫苑，妳別把他說成那樣。」

……原來如此！

原來如此原來如此原來如此……嗯，果然是這樣！

好險好險……結果白草就是把我當「恩人」嘛……

繭居不出對當事人而言是足以左右人生的大問題。從這層意義來想，白草會視我為「救命恩人」也沒什麼好奇怪的。我知道那在好感當中可以排到最頂級。

不過，聽她這種口吻……果然跟戀愛就是有些差異……

（我要冷靜……目前，我是在離家出走後來投靠小白的……）

用有色眼光看待會關照自己的人說不過去，我應該要盡到禮節。

我和白草於夜晚獨處，還在房間裡有了不錯的氣氛，所以我才差點自作多情。

俗話不就說一宿一餐亦有恩嗎？

我反而要當個紳士，果斷向白草表示感謝才對。

「紫苑，我知道妳討厭我這個人。」

「什麼事啊，丸同學？突然說這些。」

「我是因為有苦衷才會來投靠小白。當下我待在這裡，絕對不是因為有不規矩的想法。基於我們以往的關係，妳很難信任我是難免的，但至少聽我解釋緣由好嗎？」

紫苑瞇起了一向顯得愛睏的眼睛。

「丸同學，你吃錯藥了嗎？」

「我自認已經拚命表達出誠意就是了……」

「……哎，看來你似乎沒說謊。」

大概是認真傾訴見效了，紫苑難得坦然接納了我所說的話。

「那就先說來聽聽吧，你所謂的苦衷。」

「好。」

因此，我向紫苑說明了自己跟老爸吵架，然後離家出走的事。

「……換句話說，我老爸動用身為父母的特權，就只是想對我說教。我現在是高中生，需要老爸扶養當然有無可奈何的地方，但他挾著這一點便完全不肯認同我，實在很令人不爽。」

白草附和了我。

「小末，光聽你的說法，我覺得你會憤慨也是無可厚非……你曾經失落到谷底，後來是在這半年才總算復出的。不過要說你凡事都半吊子，我也沒辦法服氣呢。當然伯父想必也是用他的方式在為你擔心，才會說出那種話吧……」

「擔心？小白，那傢伙才沒有那種心啦。要不然他怎麼會老是在外面出差，都讓家裡放空城呢？」

「這……」

「所以，我是因為老爸無理取鬧，才在生他的氣。聽到道歉之前我連他的臉都不想看見。反正手腕的傷一好，他就會從家裡消失啦。讓我設法躲一個星期左右就好，拜託。」

「……我明白狀況了。」

原本都乖乖聽我說明的紫苑緩緩抬起臉。

而她臉上的表情——是暴怒。

「丸同學，你好差勁。」

跟平時耍笨的紫苑不一樣。

既冷靜又嚴肅，有其分量感。

那是所懷憎惡之深簡直可稱作詛咒的一句話。

「你說你的爸爸沒有為你擔心？哼！你就是這樣才讓人覺得愚蠢。你爸爸不工作，你能夠過生活嗎？還是你被稱為國民童星時存了很多錢，其實可以天天吃喝玩樂嗎？」

「……我是不知道存了多少，因為我以前會自己賺錢，從家裡拿到的零用錢是有多一點。」

「那麼，似乎沒有多到能讓你過生活嘍。」

「這部分我真的不清楚。只不過，以前我媽媽有專門設帳戶替我存錢，還說等以後我出社會就把戶頭交給我。老爸有一部分是因為對我媽媽的愛比別人深一倍，才投入目前的工作，所以我想他肯定是原封不動地幫我保管著。」

「所以他不是一位好爸爸嗎！還對你過世的媽媽愛得那麼深？真是一位值得尊敬的爸爸！你有什麼不滿意的！」

「紫苑……？」

不知道紫苑是怎麼了，總覺得這樣不像她。

白草拉了我的袖管，並且朝我耳語：

「紫苑的父母已經離婚，她是被父親扶養長大的。」

「唔！」

這麼說來，之前我有聽過那些事。

「紫苑的母親似乎性格有問題，所以她一直恨著母親……那反而讓她一直很敬愛身為單親爸爸的父親。但是她父親已經因病去世了……」

對喔，總一郎伯伯就是因為那樣而領養了紫苑，還把她視為白草的姊妹來照顧。

「既然你有那麼棒的家人，就應該回家人的身邊！我有說錯嗎！」

……或許我踩中了紫苑的地雷。

對紫苑來說，父親是值得敬愛的存在。當然了，她似乎憎恨自己的母親，所以應該不會無條件地認為有家人是美好的。

然而我老爸確實愛著我媽媽。光看這一點，我老爸對紫苑來說應該就是很棒的父親了。

從紫苑的觀點來看，我會變成「有個好父親卻耍任性翹家，還來勾搭自己最喜歡的白草的差勁男生」。

儘管我應該沒辦法當一個讓紫苑稱許的傑出人物，但我希望能多解開一些誤會並且確實地面對彼此……

「丸同學，現在是你吵架的時候嗎！或許你們吵架是因為有誤解，既然還有溝通的餘地，就應該好好溝通才對！你懂嗎！人可是隨時從世上離開都不奇怪的！」

「！」

令人震驚，紫苑戳中了我的要害。

——啊啊，原來是這樣。

剛才我發現了。

「在我身邊的人當中，只有我跟紫苑具備某個共通點」。

「——我了解。」

我緩緩告訴紫苑。

「畢竟，我媽媽也已經過世了。」

沒錯，只有我跟紫苑具備的共通點，那就是父母其中一方已經亡故。而且不只是單純亡故，從之前聽到的說法，紫苑似乎跟我一樣在咫尺之內目睹了父母的死。雖然白草也是喪母，但她是一出生時就那樣了，所以稍有不同。

我自認能理解目睹親人死去會對本身的思維、人生造成多大的影響，畢竟我就連以往受旁人誇讚的一技之長都曾經捨棄了。

「——唔！」

這時候紫苑似乎總算察覺到我們的共通點了。

她回神抬起臉，還咂嘴咬住了嘴脣。

「既然你能了解，為什麼要……」

「紫苑，照妳這樣的態度來看，妳並不打算跟媽媽講話吧？」

「我媽媽是欺騙了我爸爸還拋棄他的大爛人！她跟丸同學的爸爸不一樣吧！」

「我的老爸確實沒那麼過分。但是，我有我的想法，妳能不能給我一點時間？」

「…………」

現場被沉默籠罩。

這是我在認識紫苑以後，第一次慶幸能跟她對話。

仔細想想，之前我身邊都沒有同齡又同受喪親之痛的人。聽到紫苑吐露心境，讓我想起了父母的寶貴與人命有多脆弱。

儘管我一疏忽就忘了，不過這是很要緊的事。我對老爸氣在心頭就一直無法冷靜，現在卻有了是不是能夠重新省思的念頭。

我觀察紫苑的臉色，她就突然對我吐舌做了鬼臉。

「——我不管。」

「啥？」

「我不想聽你找藉口！丸同學，請你趕快主動向你爸爸道歉！基本上，被你用邪惡情慾填滿的汙穢空氣對白白來說就是一種毒。對了，我可以奉送大量的瓦楞紙箱給你，你就用那些在橋底下生活怎麼樣？」

「別隨口把我講得像是邪惡情慾的化身好嗎？」

「唔唔唔唔唔！擰臉頰是犯規的～～～！」

我猛扯紫苑的臉頰肉。由於她的臉變得很有趣，湧上的活該感讓我爽快到不行。

雙手被手帕綁住的紫苑用腳來反擊。

「你這色鬼！爛男生！對無法抵抗的女生動粗有意思嗎！」

「很有意思啊。」

紫苑屬於長得相當可愛的類型。先決條件是她肯安靜的話。

何況她既囂張嘴巴又壞，還自稱天才對我敵意盡現。能讓這樣的女生一臉不甘心，我當然會覺得有意思。

「唔，丸同學，你的歪腦筋該不會也動到我身上了吧……！白白，妳懂嗎！雖然我非常非常可愛，但是丸同學想將妳跟我兩個人同時據為己有，這種無止盡的性慾還有獸性是異常的！簡直可說是真正的禽獸……不，他是性慾無人能敵的怪物！我已經用天才的洞察力揭穿丸同學的真面目了，請妳快點趁現在認清！」

「喂，妳說誰是性慾怪物？」

「唔唔唔！投降投降！」

雖然對方是女生，但她是紫苑，不需要手下留情。

我對紫苑施展金剛爪，她便立刻向我投降了。

「紫苑，妳的對不起呢？」

「哼！要我跟你道歉？我明明沒做錯任何事啊，玩笑開大了。」

「那我就更用力一點嘍。」

「痛痛痛痛！對不起是我錯了請你原諒我。」

「妳依然是立刻就求饒耶。不過妳那是假裝認輸，還打算馬上反過來對我炫耀優越感吧？」

「……驚。」

「哎呀哎呀，感謝妳這麼好懂～這下我可以盡情出手了。」

我靈活地動起兩手的指頭。

「我會撓妳癢直到妳迎接極限，途中我是不會停的。」

「那、那個！你、你開玩笑的吧？丸同學，面對像我這麼可愛的女生，你不會做出那種有性騷擾之嫌的行為吧？」

我作勢吹起口哨。

「誰曉得呢？畢竟照某人的說法，我好像是性慾怪物，或許做那種事只算小意思喔。咯嘿嘿嘿！」

我刻意強調出下流的感覺，並且對她威嚇。

紫苑臉色發青了。

「白、白白！妳會幫忙阻止吧？」

白草微微一笑。

「紫苑，妳記得剛才我說過來攪局的話，會有什麼後果嗎？」

「咦？啊，啊～～那個嘛……」

「……偶爾必須讓妳受受教訓呢。我會協助小末。」

「那我來壓住紫苑的手與肩膀，白草妳一口氣撓她癢。」

「我明白了。」

我跟白草露出黑心的微笑，朝紫苑節節逼近。

「在妳反省以前——」

「我們都不會停——」

「不，等等，我真的，對不……起……」

紫苑連道歉都還在遲疑，我跟白草就冷酷地執行了對她的教訓。

「喲哇————！」

可是我跟白草滿腦子只顧著教訓紫苑就忘記了。

這個家裡，還有另一個人在。

「剛才那是什麼聲音！」

總一郎伯伯衝進白草的房間。我知道稍微吵鬧也不會傳到他那邊，但紫苑的叫聲並不算「稍微」。

總一郎伯伯身上穿著成熟的大袍，依舊讓人覺得高尚有品味。

然而他那張高尚的臉龐卻帶著驚愕之色僵住了。

當下我架住了紫苑，白草正在撓她癢，紫苑則是露出兩眼無神又欲仙欲死的臉。

總一郎伯伯根本不知道我在這個房間的緣故。他想都沒想過我會在吧，狀況可說足以令他腦袋當機。

「…………」

「…………」

「…………」

我跟白草也動彈不得。

在這種處境就連藉口也找不了，話雖如此要溜或躲已經嫌晚。

「……呃……該怎麼說才好。」

總一郎伯伯開口打破這段空白。

「等你們長大一點，再用特殊的方式調情吧。」

「不是那樣的～～！請聽我解釋啊～～！」

事已至此，總一郎伯伯還能展現出聖人君子的氣度，使我把額頭磕到了地毯上。

＊

總一郎伯伯聽過我的說明以後，就表示要稍微離開而走出白草的房間。

當我覺得以上廁所而言隔得挺久的時候，他回來了。

「小丸，剛才我跟你父親談過了。」

「咦！」

「爹地！」

總一郎伯伯對訝異的我與白草露出了溫柔微笑。

「我跟他說好，會收留你在家裡待一陣子。」

「這、這樣好嗎……？」

我戰戰兢兢地問，而總一郎伯伯難得擺了苦惱的臉色。

「我也向你父親問了事情的經過。結果聽完雙方的說法，我認為你們父子最好花點時間讓彼此冷靜，所以我主動提議要收留你一陣子。」

這種聖人般的氣度……依舊讓我抬不起頭……

「對不起，給伯伯添麻煩了……」

「這種問題算彼此彼此啦。」

哎，多麼好的人啊。假如我家也有這種風雅具知性又有度量的溫柔老爸就好了……

「總伯伯，我反對！」

「紫苑。」

「總伯伯不在家的日子，晚上就只有我跟白白了！讓男生在只有女孩子的家裡過夜怕會有危險！」

「……嗯，妳說得有道理。」

總一郎伯伯交抱雙臂，好似在自我說服而嘀咕：

「不過呢，紫苑，我剛才也講過，碰到這種問題的時候，互相幫助是很重要的。」

「可是——」

「好比阿白拒絕上學那時候，我找妳父親商量過許多事。」

「！」

「妳的父親曾在社福機構工作，對於拒絕上學的狀況也是位專家，更重要的是為人值得信賴。他因病去世，可實在是一件憾事。」

紫苑用無比認真的臉色問道：

「那麼，總伯伯願意照顧我也是因為這樣？」

「那當然也算原因之一，倒不全然是主因。」

「……是嗎？」

「其實，能幫助他人的機會並沒有那麼多。姑且先告訴你們，我認為從長期來看，借貸金錢一類的行為無助於保持良好關係，所以我並沒有把那算在互助之內。」

哎，我想也是。總一郎伯伯提到的「互相幫助」跟借錢是有差異的。

「當下我有能力幫你們，所以我會幫忙，如此而已。或許你們會覺得受幫助的都是你們，但沒有那種事，我也讓你們幫了不少喔。」

「有嗎……？」

我完全沒有意識到這一點，因此在略感訝異的同時問道。

「小丸，你救了我女兒阿白脫離拒絕上學的困境。這是我再怎麼盡力也辦不到的事情。」

「哪、哪有啊，我只是做了理所當然的事……」

「我做的同樣只是理所當然的事。紫苑，妳一直陪在阿白身旁，我基於公司經營者的立場，往往會忙得沒辦法待在家裡。多虧有妳陪伴，阿白才能排遣寂寞吧。這也是我辦不到的事。」

「那是因為總伯伯把我接到家裡……」

「當然，阿白也朝氣十足地長大了，沒有比這更令我欣慰的事。」

「爹地……」

總一郎伯伯彷彿要表示自己了解我們視線裡的含意，就用力點了頭。

「現在遭遇困難的是小丸，這次輪到我幫他了。如此而已。」

「…………」

話說到這個分上，紫苑再不甘願似乎也無法反駁了，便認命似的點點頭。

「只是就像紫苑所說的，我不在的日子，住著兩個女孩子的家裡多了一個男孩子，在道德上並不妥當。身為父母是該顧慮到這一點。」

「是啊，沒有錯！」

紫苑又恢復了精神，還開口贊同。

「因此我想交給紫苑把關，讓她決定該怎麼因應。」

「……咦？」

「我信任小丸，所以我覺得不需要對小丸盯得太緊，但那樣就無法讓紫苑心服了吧？像這種時候，我覺得可以交給最介意的人去把關。怎麼樣，紫苑，妳願意嗎？」

「好、好的！我當然願意！」

「不過，我已經講好要收留小丸了，所以可沒有不讓他在家裡過夜的選項喔。」

「……我明白了。」

於是我得以在白草家裡留宿。

時間也已經晚了，所以他們讓我先去洗澡，等我從浴室出來的時候，紫苑就替我將客房打點好了。

「謝謝妳，紫苑。」

別看她這樣，做家事可是一把罩。之前我骨折讓她來家裡幫忙時，家事也都做得無可挑剔。

像現在她鋪的床單就沒有半點皺痕，電熱水壺旁邊擺了瓶裝水、茶、咖啡與簡單的小點心，看得出不經意間的體貼。

可是紫苑為什麼平時會表現成「那樣」啊？真不可思議。

「這是我的職責，請你別放在心上。不過——」

紫苑豎起愛睏的眼睛，臉還一下子朝我湊過來。

「你敢碰白白的話，我絕不會罷休……！順帶一提，今天我會在白白的房間跟她一起睡！」

「呃，紫苑，我沒打算碰她所以無所謂，但是我寄住的這段期間妳都要睡小白的房間嗎？」

即使她們倆情同姊妹，白草的房間也夠寬敞，那樣還是不好受吧……

「要你管！明天起我還會訴諸其他手段，敬請放心！」

哎，這部分只能隨紫苑高興吧。我插嘴的話又會讓她懷疑東懷疑西，再說我在這裡受人照顧，就沒有對白草亂來的意思。既然如此，紫苑要擬什麼對策都與我無關，我只要觀望就行了。

「丸同學，我先聲明，這一次你是被當成客人接待。」

紫苑將手寫的注意事項紙條遞給我以後，就走到房門前並且轉了身。

「有什麼事的話請儘管叫我。那麼——祝你好眠。」

現在紫苑穿的是粉紅色睡衣。然而她行禮有模有樣，甚至讓我腦海裡浮現了她穿女僕裝的身影。

紫苑從房裡離去。

我將房門上鎖，然後跳到鬆鬆軟軟的床上。

「……不知道事情之後會變成怎麼樣。」

翹家到最後，我幸運獲得了最棒的留宿場所。

但問題根本沒有解決，我仍在跟老爸吵架。

我希望讓老爸主動道歉，卻完全想不出手段。

話雖如此，我也不能跟他長期抗戰。

白草的存在對我來說有太多太多意義。光是讓群青同盟的成員知道我目前住在這間宅第，問題應該就會鬧大。

（……對了，我得先防止口風外洩。）

白草姑且不提，堵住紫苑的嘴絕對有必要吧。

但是我該怎麼做才能讓紫苑聽話呢……？

不行，睡意逐漸來襲。

疲倦感一口氣湧上……這麼說來，今天我跟老爸吵架以後就到處遊蕩，還在白草的房間裡小鹿亂撞……

「呼嚕～～……」

明天的事就等明天再去想好了……

當我思考到這裡的時候，意識便中斷了。

＊

「爹地，謝謝你讓小末留宿。」

當紫苑為了替小末打點過夜的事宜，離開房間後，我這麼告訴爹地。

「妳原本以為我會反對？」

「我不確定，但就算被反對，感覺也是無可奈何。」

「我希望妳能幸福。畢竟我本身很中意小丸，也想支持你們倆的關係。」

「這樣好嗎，爹地……？」

志田同學全家人都和小末關係良好，桃坂學妹的姊姊也跟小末相當親近。

但是我爹地也沒有輸給他們。爹地跟小末交情不錯，又處於贊助群青同盟的立場，他肯支持的話會是一大優勢。

「只不過——」

爹地臉色一凝。

「我並沒有意願主動介入。」

「……具體來講是什麼意思呢？」

「比方說，只要我告訴小丸：『希望你跟阿白一起到美國一趟，有項重要的工作。』小丸肯定就會跟妳去美國吧。在那段期間兩人獨處，妳便能占到壓倒性優勢。」

「……確實是那樣。」

「但我認為那樣做不好。自己喜歡的人，就該用自己的力量去爭取。要不然，就算你們修成正果，還是會有後悔留在妳的內心角落，也許那樣遲早要走向破局。」

「…………」

不愧是爹地，思維成熟的建言。

「從剛才的說詞聽起來，這次是妳拿出了行動掌握到運氣，所以我就提供了協助而已。既然我並沒有主動出手，要說是由妳主導的也可以吧。因此妳沒有什麼好羞恥，妳要相信自己然後繼續努力。」

「爹地……」

我的眼眶濕了。

多麼棒的爹地啊。我能當爹地的女兒實在太好了。

——當我這麼想的時候，爹地就突然左右張望，確認沒有別人在以後，他才悄悄地在我的耳邊細語：

「不過呢，妳唯一要避免的就是在求學期間奉子成婚……支持妳談戀愛跟這件事還是要分清楚……」

「爹地！」

聽懂意思的我滿臉通紅地叫道，爹地便難為情地搔了搔頭。

「哈哈，哎，這是為保險起見的忠告，妳別在意。」

爹地從房裡快步離去。

「哎喲，爹地真是的……」

生氣歸生氣，我發燙的臉頰仍然無法消退。

（就算不會發展到那一步，我還是得趁這個機會告白……）

像這種天大的機會，或許再也不會有了。

況且包含告白在內，當我摸索著要怎麼讓關係有進展時，從天上掉下了如此的良機。

起初我是想等情人節——不過，現在應該不用特地等到二月了吧。

能說的時候就要說。

（今天實在是沒有辦法，畢竟紫苑要跟我一起睡。）

但只要我們待在同一個家，必然有機會開口。

待在同一個家有多大的好處，我在照護小末時已經體驗過了。

況且這次是他來我們家。

對曾經繭居不出的我來說，家是我的主場兼地盤。即使紫苑來攪局，我仍然可以搶奪先機……不，我會搶贏給所有人看。

然後——

『小末，我喜歡你。』

『我也一樣！聽小白這麼說，我就無法把持了！』

『不行喔，小末！我們還是高中生！』

『可是，我已經停不住了！幸好這裡是妳的房間，又有床鋪！』

於是，我們就這樣搭上熱戀特快車，駛向愛的終點站──

「不行，不行喔，小末！不過……我想想，就五分鐘……五分鐘的話，我可以為你閉上眼睛，這段期間無論你要做什麼──」

「白白……」

猛然睜開眼睛後，我發現臉完全垮掉的紫苑正望著我。

「啊，紫、紫苑！小末的房間打點好了嗎？」

「是的，毫無窒礙……所以說，白白，關於妳剛才內心的妄想小劇場──」

「晚安！」

我跳上床鋪，拉起棉被把頭蓋住。

被紫苑目睹那樣的光景，我實在沒有臉見她。

*

隔天早上，我待在教室裡的自己的座位上滑手機，哲彥就過來搭話了。

「嗨，以你來說還滿早到學校的嘛。」

「嗯……還好啦。」

「而且你早上洗過澡對吧？」

「是、是啊，我為了讓自己清醒才洗的！」

這句話姑且並不算說謊。白草家裡有準備晨浴用的洗澡水，因此我就去洗了個澡幫助自己清醒。

平時我不會有空閒洗澡，因為要拖到最後一刻才起床。

然而，被溫柔的幫傭在早上七點整優雅地敲門叫醒，偶爾我也會想試著做些不同的舉動。

說到浴室，我昨天也進去洗過就是了，裡面氣派得跟澡堂一樣寬敞。專程在那樣的浴池裡放滿洗澡水之奢侈，足以讓冬天的寒冷輕易消融。

洗完澡讓身子暖起來以後，白草與總一郎伯伯都已經待在飯廳，早餐也準備好了。另外，據說紫苑早上會幫忙做家務，平時都跟他們分開來用餐。

餐點有吐司、培根蛋、沙拉、優格這些簡單的菜色，每一道的品質卻都與眾不同。

比方說，吐司就像從一條麵包要價千圓的高級烘焙坊剛買來那樣既鬆軟又有彈性；培根切成厚片，化在舌頭上的油脂與半熟蛋黃交融，帶來無比幸福的時刻。

上一次這麼享受，是我當童星入住頂級飯店時……不，這個早晨的奢侈感與滿足感更勝於那時候。

「哦～～」

哲彥大概是從我發愣的臉察覺了什麼，隨即露出賊笑。

真受不了，他長成這副性格惡劣的臉卻還有女人緣，簡直沒天理。

我總不能自揭昨天晚上發生的事，便收斂了表情。

「你在『哦～～』什麼啦。並不是任何時候都把話講得若有深意就好耶。」

「可知嗎？還是真理愛？」

「噗！」

我忍不住發出噗一聲。

……對喔，昨天晚上我想找地方過夜，就去了哲彥家。

結果被哲彥拒絕以後，我們就沒有再聯絡，不過那樣的話，他對我住到誰的家裡應該會抱有疑問吧。

「看你充實成那樣，是在可知家過夜吧？如何，我說中了嗎？」

「…………」

哲彥的直覺依舊異常神準。

那麼，我該怎麼應對呢？

要瞞過哲彥不容易，畢竟他連我跟老爸吵架的事情都曉得。

還不如揭露真相趁早把他拉攏過來——慢著。

（基本上，我為什麼會想隱瞞呢……？）

我在跟老爸吵架後離家出走，去了哲彥家卻遭到拒絕，接著我接到白草的電話，說明完現狀就獲得了幫助。我還有取得總一郎伯伯的理解，他幫忙解釋以後，連老爸都接受了。

整個流程根本沒有見不得人的地方。

（奇怪，難道我……）

昨晚我跟白草獨處，兩人還一起倒在床上——難道我內心有某處在期待能重演那一幕……？

被黑羽或真理愛知道的話，問題就會鬧大，我是怕受到干擾才想隱瞞……？

（或許我在內心某處是有這樣的想法……）

不過——這屬於先隱瞞的話，就會更覺得虧心而讓事態惡化的套路。

最適合的時間點就是現在，所以先坦白跟哲彥、黑羽、真理愛講清楚吧。

「……正如你的推測，昨天晚上我住到了小白家裡。」

「間隔有夠久的耶。難道你做了什麼虧心事？」

「沒、沒那回事喔～～」

「就連莫名其妙專挑好機會來向主角找碴的小混混都沒有你這麼可疑。」

「你那是什麼比喻啊！」

哎，我的心思根本一下子就會被拆穿吧。

總之先老實交代事情經過。正當我如此心想時——

「啊，小晴你在這裡。」

黑羽從走廊探頭到教室裡，嘀咕了這麼一句。

……我在這裡？意思是她在找我？

「幸好。這樣談事情就快了。」

……怎麼連真理愛都在黑羽身後？我只有不好的預感耶。

「……要不要叫哲彥同學也一起來呢？感覺他會有小道消息。」

「畢竟找大家一次問清楚會比較快。」

黑羽和真理愛招了招手，彷彿要我們過去一下。

我第一次體會到被美少女邀約還這麼高興不起來的感覺。

「好啦，我們走吧。」

哲彥笑嘻嘻地把手搭在我的肩膀。

果然，這傢伙是以看別人不幸為樂的那一型——我重新體認到自己早已明白的道理。

＊

「小晴，我聽大良儀同學將事情說明過一遍了。」

「——對不起啦～～！」

移動到社辦的有我、黑羽、真理愛和哲彥四個人。

黑羽一開口就讓我直接感覺到總之自己應該先跪，額頭便跟著貼到地板上了。

「啊，哦～你會擺那樣的態度，表示內心有愧疚嘍……」

「你根本沒必要道歉啊，末晴哥哥。」

真理愛和氣地露出一如往常的偶像微笑，並且牽我站了起來。

「不過，你怎麼沒有來投靠人家呢？關於這一點，希望末晴哥哥能慢慢為人家說明……」

「呃，單純是因為我接到小白的電話，說明過狀況以後她就表示願意收留我。原本我完全沒有想過要到她家留宿。」

「哦～～！是喔～～！原來是這樣啊～～！」

真理愛似乎對自己沒有被求助大感不滿。

她嬌滴滴地將嘴巴噘到最高。

「哎，不過人家知道你並非另有居心了。既然這樣，今天起改住到我家也是可以的喔。」

「小桃學妹？請妳不要攪和好嗎？」

「可是人家想提議嘛！」

「別打算偷跑。先前妳不是才接受了大良儀同學的提議嗎？」

嗯？原來紫苑不只跟黑羽她們爆料嗎……？

「怎麼回事？妳說紫苑提議了什麼？」

「她希望我和小桃學妹過去留宿。因為她說光靠自己一個人的話，沒辦法全天候顧著小晴跟可知同學。」

「……啥，咦？」

「哎，就是所謂的閨蜜聚會啊，末晴哥哥。」

「那不叫閨蜜聚會吧！」

我感到頭大了。

之前我骨折的時候，紫苑就駐留在我家，還讓黑羽、白草、真理愛三個人輪流到我家過夜，一起幫忙照顧我。

但這次換成在白草的家，而且骨折時的照護班底都會一起過夜嗎……？

（我懂了，這就是紫苑的「因應方案」吧。）

紫苑是受總一郎伯伯之託負責防著我，而她的計策就是讓黑羽跟真理愛都到白草家過夜。

「哎呀～～聽起來就很歡樂，真不錯～～你就去樂一樂吧，末晴～～」

哲彥一邊賊笑一邊用手肘頂了頂我。

臭傢伙，我遲早會把你宰掉……我如此下了決心。

第三章 紫苑的計策

＊

紫苑的計策——「不只讓小末，也讓志田同學與桃坂學妹都住進家裡」，老實說這是我完全沒有預料到的。我以為紫苑頂多會一路黏著我。

假如是那樣就有足夠的空隙，我應該能輕易掌握告白的機會。

然而——

「唔哇～可知同學的家還是這麼驚人～」

「呵呵呵，將來跟末晴哥哥一起成為世界巨星以後，再共築**比這更驚人的愛巢**也不錯呢……」

帶著旅行袋的兩個人出現在玄關。

沒有錯，現實則是來了兩隻搗蛋鬼，讓我陷入一籌莫展的狀態。

「啊，可知同學，我們什麼時候能跟總一郎伯伯見面？**我們家小晴跟我都要勞煩府上關照了**，我得向他問候才行。」

「志田同學，小末可不是妳的耶。妳的腦袋還好嗎？」

「不要緊，我可正常了。可知同學，重要的是妳該不會動用屋主的權限，打算撇下已經公開告白的我，然後把小晴搶走吧？」

「妳只是告白了，小末又沒跟任何人交往——他在我的認知仍算所謂的活會啊。不會吧不會吧，志田同學，難道妳是被男方保留答覆就自封女友的那種自作多情的女生？」

「啊哈哈～～怎麼會呢～～與其說是保留，我們幾乎已經跟男女朋友一樣了啦～～」

「呵呵，聽了真叫人不忍呢～～志田同學，太令人不忍了～～」

「妳們兩位，在玄關吵架不好看喔。反正末晴哥哥到最後都會歸人家所有。」

「啥～～？小桃學妹，妳剛才說什麼～～？」

「妳只有嘴硬的功夫算是上乘呢，桃坂學妹……」

我們三個瞪向彼此。

「「「唔唔唔～～！」」」

這時候，紫苑從二樓出聲招呼了。

「志田同學、桃坂學妹！妳們的房間在這邊！」

「…………」

「…………」

「…………」

「「「……哼！」」」

我們姑且就此收起了矛頭。

然而，這不過是無盡抗爭的開始。

儘管我撇開了志田同學與桃坂學妹，找機會想跟小末獨處——

——偷偷打電話給小末，就會發現志田同學在小末旁邊。

——偷偷跑去小末的房間，就會發現桃坂學妹在。

——想偷偷沿著陽台溜進小末的房間，就會發現紫苑已經埋伏好了。

哎，換句話說……我陷入了什麼成果都沒有獲得的處境。

「慘了……明明有這麼大的機會……」

我在自己的房間裡抱頭懊惱。

小末至今仍在跟伯父吵架，雙方都沒有道歉或聯絡的跡象，看起來一直呈現兩條平行線。

不過，已經三天了。若稱作集宿活動還說得通，但是以到朋友家留宿的範疇而言，就快要超出限度了。雖然爹地並不介意，從常識來想，時間限制正在逼近。

（當然，我希望協助小末跟伯父和好……）

我也有這份心。

對方可是我**將來或許會稱為公公的人**。我希望趁現在協助他們父子倆和好，預**先賺一波好感度**——這同樣是我的心思。

想讓小末一直留在這裡的感情，以及想為了小末當和事佬的感情。

兩者正在我心裡互相拉鋸。

「唉，我已經不知道該怎麼辦了……！」

我因為不順心而感到焦躁。

就在這時候，房門被敲響了。

「白白，洗澡水燒好了，我先帶志田同學與桃坂學妹去洗澡可以嗎？」

是紫苑的聲音。

「也好，麻煩妳了。」

「我明白了……白白，我可以進去房裡嗎？」

「？……好啊，請進。」

「打擾了。」

紫苑一臉安分地進了房裡。

「有什麼事呢？」

「白白，妳在生我的氣嗎？」

「怎麼突然這麼問？」

「畢竟，我不惜借助志田同學與桃坂學妹來妨礙妳跟丸同學增進感情。」

我臉色放鬆了。

「妳肯支持我這段戀愛的話，我當然會覺得高興，不過就算遭到妳反對，生妳的氣也是不對的。我認為反對的意見也很重要，應該說這與那要分開來談……啊，另外還有一點。」

「什麼事？」

「其實被妳攪局，我也有鬆了口氣的感覺。要往前進的話，無論順不順利都代表自己將會走到跟目前不同的位置。因為我現在很幸福，要踏出那一步肯定還是會寂寞或害怕。」

「白白……」

紫苑緊緊揪住了女僕裝的裙襬。

「我的感覺也跟妳有點像。有一部分就是因為這樣，我才會阻擾妳跟丸同學配成一對。」

「……嗯。」

我要是跟小末交往了，肯定會比現在還要專注於小末一個人身上。那樣的話，我跟紫苑講話的時間肯定會打折扣吧。

「白白，其實我也沒有像以前那麼排斥妳跟丸同學的關係了。因為在認識丸同學的為人後，我知道他同樣有他的長處，當然令我討厭的部分還是占了絕大多數啦。」

紫苑總是對別人言詞辛辣。正因為如此，連這麼一點友善的評價都算莫大的進步吧。

紫苑望著地毯嘀咕：

「——畢竟妳笨手笨腳的，把要做的事情縮減成一項會比較好喔。」

「咦……？」

「我是指追求丸同學，還有幫丸同學解決家庭問題，妳並不是能同時做這兩件事的類型。」

紫苑固然有許多天生少根筋的地方，卻也是比誰都了解我的人之一……而且她更是與我情同姊妹生活在一起，距離最為親近的夥伴。

「白白，妳要以哪邊為優先呢？」

「我——」

擺在桌上的相框映入眼簾一隅。

照片是小末當童星那段時期拍攝的。

照片裡的小末笑著——我所追求的笑容。

（啊，對了……）

我感覺到恍然大悟。

（應該優先回報小末的恩情才對。）

告白這種事，靠我的勇氣總會有辦法克服。只要我有意願去拚，就算當著志田同學或桃坂學妹面前也一樣能告白……哎，在那種情境告白的話也實在沒有意義，因此我倒不會那麼做。

目前，小末跟伯父吵架後離家出走了……這代表他處於困境。趁現在伸出援手，盡可能回報他的恩情應該是第一要務。我盡想著自己的事，眼睛便受了蒙蔽。

「謝謝妳，紫苑。我清醒過來了。」

「只要白白有精神，我心裡就會滿足。那麼，我去請志田同學她們洗澡嘍。」

在紫苑旋踵的那一瞬間，我腦中閃過某個主意而把她叫住。

「啊，紫苑，妳先等一下。我想麻煩妳傳話給志田同學與桃坂學妹。」

「好的，要傳什麼話呢？」

「幫我傳話問她們要不要一起洗澡。紫苑，可以的話妳也一起來。」

「……什麼？」

紫苑歪頭表示不解。

儘管紫苑看起來無法會意，但她低聲表示「我知道了」便離開了。

＊

熱水從獅子雕像的口中流出。家中的大理石浴堂跟高級飯店比顯得小巧玲瓏，不過寬敞的程度能輕鬆地同時容納十個人，客人都給予好評。

「可知同學家裡什麼都很驚人，但我最喜歡的或許就是這間浴室。」

「人家也對這個感想有共鳴～」

志田同學與桃坂學妹泡在浴池裡。

我先等了紫苑才進來浴室，所以目前還在洗頭髮。

「白白，我也一起進來洗的意義是什麼呢？」

坐在旁邊的紫苑轉開水龍頭，洗去潤髮乳。

「……偶爾這樣又何妨呢。」

話說完，我也再次沖了頭髮。

當我跟紫苑一塊前往浴池的時候，就發現志田同學似乎已經暖足身子，改到浴池的邊緣坐了下來。

「所以，可知同學，妳特地邀我們來洗澡的理由是什麼？」

在洗澡水中浮著的桃坂學妹只把頭轉向我這邊。

我用浴巾包住頭然後泡進浴池，身旁的紫苑就撲通一聲踏到熱水當中。

「小末與伯父的這場糾紛，我希望能設法調解。」

志田同學倒抽一口氣，然後緩緩蹺了腳。

「怎麼回事？可知同學，妳希望讓小晴在家裡久住吧？他們反而要一直吵下去才比較稱妳的意啊。」

「那種心思——我不能說自己沒有。但是，我不能放著讓小末跟伯父吵架。家人之間關係失和，說起來或許是常有的事，不過關係和睦絕對比較好，可以的話，我希望能盡一份力。」

「……既然學姊是要談這個，人家可以認真聽一聽。」

桃坂學妹撐起身體，在浴池裡坐下。

「志田同學，那對父子的關係從以前就像那樣嗎？」

「小時候不一樣喔。他們家親子三人間的感情都很好。話雖如此，小晴本來就有跟他爸爸不對盤的地方，或許只是小晴的媽媽巧妙地當了中間人而已。」

「從妳的說法聽起來，他們關係惡化是在伯母過世以後？」

「也不是突然就變差的。小晴在失意沮喪時，他爸爸根本就沒有對他不好過。」

「但伯父也沒有積極去關懷末晴哥哥……人家說得沒錯吧？」

志田同學對桃坂學妹的問題用力點了頭。

「關於這部分，我媽媽一度向小晴的爸爸建議『希望他可以多製造父子倆相處的時間』。」

「末晴哥哥的爸爸怎麼說？」

「據說他的回答是『我不知道該怎麼對他』、『反正我就算跟他待在一起也幫不了他』。」

「末晴哥哥的爸爸屬於相當笨拙的那一型耶……」

「儘管我現在知道他對小末並不是完全沒有心，但那樣小末未免太可憐了。」

「照我爸爸的說法呢，國光老弟……啊，國光是小晴爸爸的名字。我爸爸跟小晴的爸爸從小就認識……然後呢，我爸爸是這麼告訴我媽媽的。」

志田同學模仿起自己的父親講話。

『國光老弟是相當溫柔的男人。不過，他真的從以前就拙於表達。國光會聲稱自己陪在末晴身邊也幫不到忙，恐怕還真如他所說。國光認為做父親最重要的是賺錢回家，而且他表達愛的方式也很笨拙。他把盡可能減少交通事故當成對有紗的祭奠，他只懂得用那種方式過活。所以，妳能不能陪我一起關懷末晴小弟，直到他理解自己的父親就是那樣過活的？』

志田同學說到這裡就嘆了口氣。

「因此我們家都保持在靜觀其變的模式。我爸爸跟小晴爸爸差不多有五十年的交情了，他好像認為小晴的爸爸並不會改變。」

「話雖如此，人家覺得這次末晴哥哥會生氣也是難免的啊。先不管有沒有讓人氣到要離家出走，我還是認為末晴哥哥的爸爸管得好像有點多。明明末晴哥哥付出的思考與努力也不算少，他爸爸卻好像都沒有看在眼裡。」

「就是說啊。」

志田同學把手肘拄在腿上，托起了腮幫子。

「小晴的爸爸並不是個壞人，脾氣卻很獨特，老實說，他也滿孩子氣的。哎，小晴也一樣就是了。」

「正因為如此，末晴也不肯讓步，應該說他並沒有主動道歉的想法吧。畢竟實際上有滿多部分，末晴哥哥都沒有錯。」

我感覺到話題已經卡住，就稍微轉了話鋒。

「妳們倆覺得小末對伯父是怎麼想的？與其說小末討厭自己的爸爸，他那樣倒是給我內心有障礙的感覺。」

志田同學答道：

「我也有那種感覺。他們之間應該是有親情的，只是因為兩個人都笨拙又孩子氣，才會走岔了。」

「從這方面來看就跟人家的父母不一樣，感覺他們有希望改善關係。」

我點了頭。

的確，我在聽見桃坂學妹父母的那些事蹟時，就覺得她應該立刻跟他們斷絕關係，付諸實行後也認為那大概是件好事。

但小末的情況不同，他們父子倆只是走岔了而已。

問題在於我們像這樣討論，應該也還是找不到解決的辦法。志田同學的爸爸跟伯父交情最久，連他都拿不出有效的手段，就是這個問題相當棘手的證明。

「我有一項計策。」

有聲音從意想不到的方向傳來。

開口的人是紫苑。

「其實，之前我發現自己和丸同學之間具備一個連跟他關係親密的各位都沒有的共通點……雖然我並不在乎丸同學，但是他在這裡留太久也很討厭……我想大概只有跟丸同學具備共通點的我才會想出這種點子，所以先跟妳們聲明。」

紫苑如此做了開場白，然後說起她的想法。

於是，我們全都對她想出的作戰給了「似乎值得一試」的評價。

＊

大家洗完澡以後，就到我的房間研討具體的作戰計畫。

在旁人眼中或許會覺得是「女生們開的睡衣派對」，但作戰本身相當嚴謹。

而且計畫大致敲定以後，桃坂學妹換了個話題。

「順帶一提，各位對情人節有什麼想法？」

「…………」

「…………」

「反正我對戀愛根本沒興趣，所以只會送友情巧克力給白白啊。」

嗯，對啦，紫苑討厭男生是大家都知道的——她的回應就這樣被簡單忽略過去了。因此我立刻將威嚇的視線轉向志田同學。

志田同學承受到我的視線，就笑了一笑。

「哎，我已經告白過了，所以只要將滿懷心意的巧克力送出去就好。某方面而言，我的心境相當於隔岸觀火吧？難得過情人節，我在想要不要久違地奮發做一份手工巧克力呢～～」

桃坂學妹聽了就對我咬起耳朵。

「要先任由她去嗎？人家覺得黑羽學姊大概會做出難吃的成品，然後自掘墳墓就是了……」

「可是小末早就曉得志田同學的廚藝有多糟糕，對她的印象似乎也不會更加惡化。萬一小末被抬去醫院，我沒辦法送巧克力還比較討厭啊。」

「原來如此，學姊言之有理呢……那就將風向帶成大家一起送吧。」

桃坂學妹在胸前「啪」地合起了雙掌。

「可以是可以，不過桃坂學妹，妳為什麼要在這時候確認呢？」

「人家最害怕的，就是黑羽學姊使出『我把自己當成情人節巧克力送、給、你』這一套。」

「對喔……那倒是……」

志田同學是敢於公開告白的女生，我們該設想到那一步才對。

「人家覺得為了在緊要關頭有照應，要共享危機感。」

「我明白了。志田同學就有可能做出那種不知羞恥的事情呢。我會預先防備。」

「妳們兩個～～我全都聽在耳裡喔～～」

志田同學散發出暗黑氣場，並且將怒氣引爆。

「妳在說什麼呢，黑羽學姊？人家只是在閒聊耶。」

「就是啊。我們聊的跟妳一點關係都沒有。」

「妳們不用裝蒜了！」

志田同學大大地嘆了一口氣。

「呃，我先跟妳們說清楚，目前我想要的是『時間』。」

我跟桃坂學妹互相交會視線。

「——白草學姊，妳在餐點裡下藥了嗎？」

「——沒有，桃坂學妹。少跟我假惺惺，那是妳下的手吧？」

「哎喲，妳們夠了！這是在談正經事，聽我說啦！」

志田同學猛拍我的枕頭，彷彿在要求：「肅靜！」

「我覺得呢，因為我跟小晴比任何人都還要親近，導致自己有一部分已經被他當成家人看待了。」

「嗯，要這樣說也對——」

「末晴哥哥的鄰居青梅竹馬就是有這一大罩門呢。」

我跟桃坂學妹互相點了頭。

「當然，我一直都在努力從家人的相處感轉變成男女朋友的關係，但感覺實際上把我們當青梅竹馬看待的人還是很多。」

「原來如此，所以妳運用公開告白的方式讓旁人跟著改掉那種觀感。小末的意識受其影響，同樣也有了變化，所以妳想要的是能讓他完全改觀的時間嘍？」

「沒錯。」

志田同學說的內容能讓我信服。

人會因為周遭的眼光就輕易改觀。

「人家挨了末晴哥哥的罵而決定改變自己時，首先做的就是去藝人專用的髮廊請美髮師幫人家剪頭髮，結果便改善了周遭對人家的印象，人家本身的性格也就跟著改變了。這是可以理解的說法。」

志田同學正面望向我與桃坂學妹。

「先告訴妳們，我所在的舞台已經跟你們不一樣了。這並不是什麼優越感，事實上就是如此，妳們懂嗎？」

志田同學的口吻絲毫沒有瞧不起人的調調。

她只是在陳述極為冷酷的事實。

正因如此才輕易錐進了我的心。

「既然我已經告白過，就沒有什麼好急的，反而是等小晴定下心意才重要。我當然也會示愛，但是勉強的話將帶來反效果。只要腳踏實地跟他溝通，讓彼此的心靠攏就好。所以說——『假如妳們有意向小晴告白，我也不打算攔阻』。」

「「！」」

我緊緊揪住了床單。

「……呵呵，妳真有餘裕呢，志田同學。」

「畢竟妳們就算告白，對我來說也幾乎沒有壞處。」

「是這樣嗎？」

「無論可知同學或小桃學妹都好，妳們覺得向小晴告白後會怎麼樣？妳們覺得他會立刻說OK嗎？」

「「這——」」

我跟桃坂學妹不禁望向彼此的臉。

志田同學一派從容地繼續說道：

「以往我們會阻擾彼此告白，應該是出於『搶第一個告白，小晴說OK的可能性比較高』這樣的想法。可是小晴跟我們三個關係加深後，現在並非處在立刻就能選擇某個人的狀態。」

「嗯，也對。」

「現在可知同學或小桃學妹告白的話，我認為小晴的回答會是『希望妳們給我時間思考』。假如小晴會對妳們其中一方說『OK』，我現在不是早該被甩了嗎？反過來講，假如妳們會被甩掉，我現在就已經跟小晴在交往了，對嗎？」

「……的確。正如黑羽學姊所說。」

桃坂學妹垂下嬌憐的雙眸，輕撫從肩膀流瀉到胸口而帶有弧度的長髮。

「就我的認知，可知同學與小桃學妹妳們會向小晴告白是避不了的事。當然，在小晴拿定主意之前都沒人告白對我最有利，不過，妳們兩個都沒有打算停止追求他吧？」

「……那還用說。」

「人家並沒有。」

「那麼一來，就算阻止了一兩次告白也沒有意義啊。即使當場能應付過去，結果妳們應該還是會纏著小晴，那我要完全擋住妳們告白根本不可能嘛。」

……志田同學談到「舞台不一樣」，就是指這件事吧。

我跟桃坂學妹還處於「非得傳達出心意」的階段。

志田同學早就完成那一步，還站在靜觀小末「拿定主意的那天」的立場——彼此的立足點大有差異。

至於小末「拿定主意的那天」，志田同學似乎看準了那會在「我跟桃坂學妹告白後來臨」。

「所以嘍，我沒有阻擾妳們兩個告白的意思。不過像可知同學這次暗地裡讓小晴住進自己家裡，我可就沒辦法坐視這樣偷跑了……」

呵呵呵呵——志田同學笑著威嚇。

哎，看來大家都在防備有人偷跑。

畢竟小末很色，我腦海裡免不了會浮現硬是推倒他，就能靠犯規讓生米煮成熟飯的可能性。

然而我也有同感，大局可不容許用那種犯規的方式底定。

桃坂學妹開了口。

「人家想先問，我們要不要一起做情人節巧克力呢？話說在前頭喔，這並沒有什麼特殊的用意，巧克力本身不會帶來多大優勢，乾脆就大家一起做，彼此也比較不用在背後胡思亂想或防東防西。」

「小桃學妹，我贊成妳的意見，可是感覺妳似乎還有其他用意耶。」

「要說到別的用意，那就是人家如果在家裡做巧克力，姊姊勢必會跑來糾纏讓我很煩……」

我跟繪理小姐在沖繩旅行及其他場合交談過幾次，倒覺得她是個豪爽又具包容力的好人。

然而……聽桃坂學妹這麼一說，就覺得她有些地方疼妹妹疼過頭了。

「啊，我好像有點感同身受耶……」

志田同學家裡是四姊妹，應該也有相當敏感的部分。

「……好吧。廚房就由我們家提供，大家一起來做吧。」

我這麼宣布之後，志田同學與桃坂學妹都亮起了眼睛。

「謝謝妳嘍，可知同學。」

「學姊幫了大忙呢。」

「別介意。」

沒錯，這不用介意。

我非得介意的是——「自己能不能向小末成功告白」。

一開始，我想著要在這次將小說新作交給他的時候告白。然而經過紫苑糾正，我才發現那看在別人眼裡會是沉重得不得了的餿主意。

所以我改變了計畫，打算趁情人節的機會告白。

隨後，我就迎來了小末將暫時寄住家裡的天大機會！

那還不趕快運用這次機會來營造氣氛十足的告白……正當我這麼盤算，志田同學和桃坂學妹就跟著不請自來，讓我落入無機可乘的困境。

（既然如此，或許我回歸初衷改成「在情人節告白」會比較好。）

趁小末在這個家的機會告白是有點卑鄙。畢竟小末處於跟伯父吵架而心靈不穩定的狀態，我提供了地方讓他留宿，便站在相對優勢的立場。

（我非得好好地告白才行……）

聽完志田同學表態，有股壓力落到了我的肩膀。

手心因為焦慮而冒汗。此刻，心愛的小末不在眼前。何止如此，兩個情敵還有跟我情同姊妹的紫苑都在我的房間。

儘管狀況如此，我的心臟卻搏動得異常劇烈，甚至緊張到手抖。

＊

「唉……」

放學後，我在教室自己的座位上茫然地望著手機。

聽得見烏鴉在某處鳴叫。這算是一年中最冷的時期，從體育社團傳來的練習音量難免偏低。也許賣力經營體育社團的學校會有差異，但每一個社團比賽都撐不過第三回合的我們學校也就如此罷了。

「我該怎麼辦啊……」

從我住到白草家算起，已經要過第五天了。

起初我對奢侈的生活很感激，跟白草住在一個屋簷下也令我小鹿亂撞。

然而經過這麼長一段時間，內疚的感覺就多於歡喜了。

「總得想個辦法才行……」

我、白草、黑羽、真理愛在同一個屋簷下起居，吵鬧歸吵鬧，我還是過得很開心。

只是我給白草與總一郎伯伯添了麻煩。

白草與總一郎伯伯對我都沒有怪罪之語。

他們倆都只會對我好。正因為對我好，我才過意不去。

明明如此，目前我在改善跟老爸的關係這方面卻毫無進展。

『你就是仗著自己得天獨厚！改改凡事都半吊子的毛病吧！』

我心知肚明。老爸說得有道理。

雖然他夾雜了一點嫉妒的部分著實讓我不敢領教，「改改自己半吊子的毛病」這句話卻是一針見血，可以說正中要害。

不過，我是希望老爸能聽我把狀況解釋得清楚點。

我就是半吊子，心意搖擺於黑羽、白草、真理愛之間。

但經過聖誕派對那件事以後，黑羽教了我貪快是大忌的道理。

即使我懷著曖昧的心態硬是做出結論，黑羽也不會高興。

所以要互相溝通，逐步摸索出該怎麼做才好。

這就是我跟黑羽取得共識後，目前所做的結論。

（至少，我希望能跟老爸釐清這一點——）

但是老爸卻一口咬定，不肯聽我說。

不管什麼事都一樣。

『我受什麼傷都無所謂。』

怎麼可能無所謂啊。

連我那熱衷於工作的老爸都被迫停工休養了。

為什麼他說得出那樣的話？

我並沒有叫他示弱，只是覺得有其他更應該說的話。

（——不行。一思考老爸的事情，心裡總會變得不耐煩。）

我發出了嘆息。

手機畫面上顯示著老爸的電話號碼。

只需要輕輕點一下畫面，這樣就能跟老爸講話。

但是，我怎麼也提不起意願按下撥號鍵。

「小末，你今天有事要做對不對？」

白草從背後悄悄問道。

「對啊，陸跟我說過有點問題想找我討論。」

白草沒好氣地瞟了我。

「小末，你跟那個有不良調調的男生滿要好的耶。」

「我跟陸聊過以後就發現他滿有禮貌，還是個有趣的傢伙。」

「是喔，人不可貌相呢。那你回到我們家大約會是幾點？」

「七點就回去……小白，抱歉每天都讓妳收留我。」

「我都說不用在意了吧。」

話是這麼說，我的心頭仍然會痛。

為了改善跟老爸之間的關係，非得具體拿出行動才行——

我一面這麼想一面離開了學校。

＊

當我去了平時跟陸約見面的漢堡連鎖店，就發現有意外的人和他坐在一塊。

「呿，碧怎麼會在這裡？」

「末晴，沒人用你那種口氣說話的吧！『呿』什麼『呿』！」

我正是因為碧動不動就會像這樣找碴才說了「咕」，但直接告訴她似乎會讓事情變得更麻煩，因此我簡單應付過去。

「我只是稍微嚇到而已。」

「你好像在白草學姊家過得很開心嘛，連皮膚都有光澤。」

「妳喔，住那裡也有滿多事要操心喔。哎，大概因為我在那裡吃到的都是好東西，膚質才會變好。」

「哼，黑羽姊也說要去看看情況就一直沒有回家。真羨慕你們在那裡過得開開心心的。」

看來碧的心情相當糟。

「喂，志田，假如妳只是想找學長的碴就回去啦。」

陸蹙起眉頭嘀咕。

長相凶得怎麼看都像不良少年的陸一開口，就讓人覺得挺有魄力。

碧卻完全沒有顯露出怯色。

「我又沒有找他的碴。」

「妳有吧。光看就覺得煩。」

「我才不煩！」

這兩個人關係還滿惡劣的耶……

可是他們怎麼會待在一起？

「話說你們倆是朋友嗎？」

我一問，陸就聳了聳肩膀。

「我們只是同班同學。在上次發生朱音那件事之前，我跟她根本連話都沒說過。」

「那你們今天怎麼會待在一起？」

「我跟死黨聊到今天要跟學長見面，這女的擅自聽到就突然叫我帶她來了。」

我一邊把可樂拿到嘴邊一邊把視線轉向碧，碧就尷尬似的嘀咕：

「誰教黑羽姊都只說她有好好處理，即使我改問白草學姊，她也只說等一切都解決就會把事情告訴我。」

「那當然嘍，跟妳又沒有直接的關係，她們只是認為現在告訴妳也沒意義吧。」

「這我曉得啊！可是末晴，我知道你跟你老爸從以前關係就不好，所以還是會在意嘛。」

哎，確實是這樣⋯⋯

「另外，我還有一件在意的事。」

「嗯？什麼事啊？」

「末晴，間島今天跟你見面，是要討論畢業後的出路對吧？」

陸搔了搔自己梳的飛機頭。

「畢竟我要報考學長念的學校嘛。要考上或許很難，不過為了提高動機，我還是有許多事情想要問學長。」

「……我也是。」

碧咕噥了一句。

「我也會報考穗積野高中。雖然還只有勉強達標，但我在之前模擬考的上榜率終於超過百分之五十了。」

「噢噢！所以銀子伯母……」

「嗯，媽媽說我可以去考。」

「那太好啦！」

到沖繩旅行時，碧說過要跟我們讀同一所高中。

不過坦白講，她在學力方面有障礙，當時的上榜率還不到百分之二十。

上榜率太低的話，報考也沒意義。

如此表示的銀子伯母交代過，上榜率沒超過百分之五十就不准碧去報考。

這次碧終於達成她訂的目標了。

（不過，其實銀子伯母有跟我透露，即使上榜率沒超過百分之五十也會讓碧報考。）

是否考得上另當別論，伯母似乎不希望碧後悔，所以起初就有意答應讓她報考。但是從碧的性格來想，有個目標在會比較好，伯母才故意提出了上榜率百分之五十當成條件，這是我聽到的說法。

碧害羞似的搔了搔臉頰。

「嗯，謝謝。既然可以報考了，我也想聽你們討論讓自己更有動機。當然等黑羽姊回到家，我還有很多事情要問她，不過難得有這個機會，我也想聽末晴分享。」

什麼嘛，明明一開始先這樣說清楚就好了。還不是因為妳亂找碴，話講到這裡已經花掉不少時間。

「好～～！那你們儘管問吧！陸，你想了解什麼？」

「呃～～該怎麼說呢，比如學校裡的風氣、校內行事是什麼調調，還有我對社團活動也有興趣。」

「是喔。那從風氣談起吧──」

我們就這樣在漢堡店的一角和樂融融地聊了起來。

正因為這樣，我都沒有注意到。

紫苑一直在偷偷監視我。

＊

兩小時後——

即使我們聊得熱絡，遲早還是要迎來結束的時刻。

晚餐時間已近，因此我跟碧還有陸一起離開了漢堡店。

「學長，你今天會回去哪裡？」

「嗯，今天預計也是到小白她家。」

「我說啊～～末晴，已經第五天了吧？不會給學姊家裡造成困擾嗎？」

「話是這麼說沒錯啦……」

「趁現在的話，我可以陪你走到家門口。你回自己家吧。」

「唔～～這個嘛……」

我家跟志田家是鄰居，直接跟碧一起回家確實也是個辦法。

一個人不容易跨出腳步，碧這樣邀我，倒也可以當成意想不到的好機會……

『你就是仗著自己得天獨厚！改改凡事都半吊子的毛病吧！』

啊～～唔～～……

……好，我看今天還是算了吧！

明天要怎麼辦，等明天再想不就好了嗎！就這樣吧！

「碧，我告訴妳──」

在我話講到一半的同時。

「──受不了你耶，居然畏畏縮縮的，有夠難看……」

碧就怒火騰騰地忽然勾了我的手臂，牢牢地挽住我。

「啥？」

「多講多麻煩！我要帶你回去！我這麼決定了！」

碧纏人地將身體黏過來，制住我的行動。

「碧！妳、妳這樣……胸部！」

碧這個女生囂張得可以說就像我弟弟，然而她的身材跟我身邊那些美少女相比，算是一等一地豐滿。

而且碧本來就有靠網球鍛鍊，身上每個部位不只是柔軟，還很光亮潤澤。每個地方都像橡膠一樣讓我的身體感受到彈力。

「啥？囉哩囉嗦地煩死了！你說了什麼嗎？少在那裡婆婆媽媽！我看了就氣！」

完全氣上心頭的碧似乎沒有意識到自己跟我貼得非常緊。

「妳就是這樣啦，碧！別怪別人嫌妳像個男的！」

「末晴，你說什麼～～！」

「反正妳先放開我啦～～！」

「我一放你就會溜掉吧～～！」

當我跟碧扭在一起爭論的時候，陸在旁邊露出了傻眼的臉色說道：

「學長，你好辛苦耶。」

「是吧？」

「我一瞬間曾覺得好像滿讓人羨慕，不過還是算了。女人味說來很重要。」

「就是說啊～～」

「什麼叫『就是說啊～～』！」

碧將我的右手臂摟在胸前，說什麼都不肯放地硬拖。

儘管能直接體會到胸部的觸感，缺乏女人味實在要命。

為了掙脫，我懷著強大的理性想要遠離碧。

這樣形同雙方用我的右手臂在拔河，狀況陷入膠著。

「啊～～不知道哪裡找得到像朱音那樣既可愛又果斷的女生～～要是我有跟學長一樣的名氣，應該就可以隨自己高興到處去聯誼，然後輕易找到對象吧。」

「哪有啊！上次哲彥邀我去聯誼的時候，情報就莫名其妙洩露到小黑與小白還有小桃耳裡，差點害死我！」

「學長～～你差不多也該發現，光是哲哥幫忙談的聯誼就已經可以當地雷了啦～～」

「不過那傢伙說的又不是完全都在騙人，表面上聽起來會覺得非常吸引人啊。」

「可是都另有陷阱吧？無論餌顯得有多美味，放在陷阱上就不能去拿。說起來，學長不是已經有志田學姊她們了嗎～～？」

「我去參加聯誼並不是要找交往對象啦——」

我仰頭向天，擺出了遙望的眼神。

「偶爾我也希望忘掉一切，單純找女生玩……」

「我能理解學長的想法，不過那還真是差勁。」

「末晴～～你在背地裡過得滿快活的嘛！」

碧更加使勁扯我的手臂。

明明我都快要喘不過氣了，她好有體力。

「我被氣到了！我絕對會考上你念的高中！」

「為什麼會扯到那上面啊！」

「不用你管！」

唔，我已經抵抗不了碧的力氣……這樣下去只能被她拖回家了嗎……

當我就要認命的時候——突然間，我的手機響了。

「碧，我想接電話，麻煩妳放手。」

「……嘖，沒辦法嘍。」

碧咂嘴以後，望向我被她摟在胸前的右手臂。

於是她像時光靜止一樣定住了。

「啊……呀啊！」

事到如今，妳才發現自己把胸部貼上來了嗎……而且還有夠驚慌的……

拜託別紅著臉瞪我。看妳像女孩子一樣做出害羞地摟住自己身體的動作，連我都會跟著害羞而為難……

我咳了一聲清嗓改換心情，然後看向手機畫面。

電話是黑羽打來的。

「喂？」

『小晴！你現在在哪！』

「唔？我在車站附近，怎麼了嗎？」

『不好了！你爸爸出事了！』

「……妳是說，我那個老爸？」

『對，小晴你爸爸他——』

負面的感覺令我心跳加快。

思路沒辦法運作。

我感受到自己變得面無血色。

『——聽說昏倒了！』

不幸一向都來得突然。

為什麼，人總是會忘記呢？

『——媽媽！』

何時會出事沒有人能知道，對於這一點，明明我應該親身體會得比誰都深……為什麼卻……

＊

照黑羽的說法，老爸是在家附近的公園健身到一半昏倒，然後被救護車送走的。

叫救護車的人是附近第一個發現的住戶，由於我以前出過名，對方便認識我老爸。那個人叫完救護車以後就向旁人求助，並且到了我家，但我當然是不在家。當時，住隔壁的銀子伯母察覺狀況有異，現在似乎正前往老爸被送去的醫院。而且伯母途中還打電話聯絡黑羽，交代她要帶我到醫院——於是，黑羽就打了電話給我。

黑羽已經跟我講好在家裡會合。為此我跟陸道別以後，決定與碧一起回家。

「碧，我們用跑的！」

「你冷靜點啦，末晴！」

準備跑步的我被碧抓住肩膀攔下。

「妳為什麼要攔我！」

「你爸在醫院，對吧？」

「對啊！所以我才要趕快！」

「我叫你冷靜下來！你急也改變不了什麼！」

「或許是那樣沒錯啦！但我還是要快啊！」

「欸，你現在……一看就曉得顧不了周圍喔！」

「那又怎樣！」

「這樣你在趕回家之前就會先出事啦！」

碧迅速拿出帶在身上的鏡子對著我。

可以看見我的臉映在上面。

在那裡，有張臉色發青、眼冒血絲、明顯失去了理性的男生面孔。

「這……是我嗎……」

被人亮出如此簡單明瞭的證據，我不得不理解。

碧說的話比較正確。

「抱歉，碧……我會聽妳的建議……」

「別在意。考慮到你的過去，會這樣是當然的……那我們走吧，黑羽姊還在等。」

「……好。」

碧邁出腳步。

我則被拖著跟她走。

碧頻頻回頭，幫忙留意我的狀況。

她這樣貼心的舉動令人欣慰。

＊

玄關的門打開以後，黑羽就從客廳跑過來。

「小晴！……等等，碧！妳怎麼會一起過來！」

「今天間島碰巧要找末晴討論畢業以後的出路，我聽見以後就跟著他們了。」

「原來是這樣啊。」

「因為黑羽姊打電話過來，末晴急得讓人擔心得不得了，還好有我陪在旁邊。」

「……是喔。那真的謝謝妳了。總之我們先到客廳。」

我跟碧走進客廳以後，就發現白草與真理愛也在那裡。

對喔，黑羽今天原本也是預定要住在白草家。

黑羽向白草還有真理愛說明過事由，她們倆就跟著來我家了——應該是這麼回事。

「總之我得去醫院！小黑，是哪間醫院？計程車已經叫好了嗎？」

「……你先坐著，小晴，我想解釋情況。因為媽媽叫我們不必急著到場。」

「什麼意思啊……」

不祥的預感從腦裡源源冒出，感覺難受得像是有大量蟲子由腳邊朝我爬上來。

「末晴哥哥，外面很冷吧。請用茶。」

真理愛遞來溫熱的綠茶。

對冷透的身體確實有助益。

不過，現在不是扯那些的時候吧。

「我說啊，假如妳們都沒叫計程車，總之還是先──」

「小末，你坐著。」

白草從背後解開了我的圍巾。

「……拜託你，先讓自己冷靜，喝杯茶。」

我氣得差點開口反駁，轉頭的瞬間卻看見白草哀傷的眼神，原本要說的話就被我吞回喉嚨裡了。

我脫掉大衣並且粗魯地坐到沙發，然後喝了被遞到眼前的綠茶。

綠茶香味撲鼻，熱度順著食道傳到全身。

黑羽、白草、真理愛立刻坐到我的身邊。由於沙發已經坐滿，碧就在用餐的椅子坐了下來。

「小晴，我媽媽交代過，她希望你冷靜以後再到場。你想嘛，醫院裡要是有一群人跑去吵鬧，會對其他人造成麻煩吧？」

「我已經冷靜了。」

「會說這種話的人大多都不冷靜。事情交給我們來判斷。」

沒有得到她們三個准許，我似乎就無法得知醫院的地點。

（……心急歸心急，這也沒辦法。）

她們三個是在為我著想。

就算我硬是衝出門也不知道要去哪個地方。要聽她們解釋。

我大口做了深呼吸，然後朝黑羽問道：

「所以呢，我老爸現在的狀況是？」

「據說幾乎都沒有外傷，可是他好像在昏倒時撞到了頭部……我媽媽說不仔細檢查的話，就什麼都難講。」

「撞到頭部……」

怎麼會……那不就……跟媽媽一樣嗎……

撞到頭部是很可怕的。即使外表看來接近於無傷，有時候還是會輕易喪命。

「為、為什麼老爸會弄成那樣……」

我的聲音在發抖。

「小晴，聽說你爸爸大約在一個星期前傷到了手腕？」

「……對啊，他說是在健身時稍微扭到。」

「你爸爸好像又重新開始健身了。畢竟他從事要運用身體的工作，所以打算盡快把手感找回來。」

「……然後呢？」

「據說他在公園利用遊樂器材做引體向上時，弄痛了手腕，手一滑就……」

撞到了頭部——黑羽似乎是這麼說的，我的耳朵卻沒有聽到最後。

「所以我早就說過了！」

我吼了出來。

「我跟老爸說過，已經上了年紀就別逞強！手腕會傷到就是他體力衰退的證據吧！所以我才問他能不能改去培育後進……之前好像就有人找他談過……即使我跟老爸提這些，他也只會說『不必』！」

「末晴哥哥，你冷靜點……」

真理愛拿起茶壺，在我的茶杯裡添了綠茶。

但是情緒激動的我無意拿杯子就口。

「——小末，你很喜歡伯父呢。」

白草這句話意外過了頭，讓我一瞬間感到眼花。

「不、不是啦，才沒有什麼喜不喜歡，我只是對他自私的做法感到火大！」

「可是你相當擔心啊。」

「要、要說的話，我們好歹也是父子！老爸出事情的話，也會對我造成許多影響！不過妳們想嘛，實際上我甚至在吵架之後翹家！我才沒有喜歡——」

「我倒覺得正是因為感情深厚，正是因為有家人這層親近的關係，你才會跟他吵架喔。」

「這、這個嘛——」

真理愛對我咕噥：

「人家不知道自己舉的例子能不能讓末晴哥哥了解，但人家就沒有跟父母吵過架，萬一聽說他們病倒了，人家大概還會忍不住高興。」

「唔——」

有一對狠心父母的真理愛說這些話就相當沉重。

沒錯，對父母厭惡至極，又沒有維繫關係的餘地，反應就會像真理愛這樣。

「小晴，你要坦率。」

「……坦率什麼？」

我掌握不到黑羽想表達的含意。

「我認為只要小晴能夠更坦率，這次的翹家就不會發生了。」

「難道說，妳覺得錯的是我？」

「嗯～～小晴，與其說你有錯，感覺你是不是漸漸讓自己成熟起來會比較好？」

「舉例來說？」

「畢竟你爸爸從以前就很頑固，還是個話一出口就絕對不退讓的人吧？」

「對啊。」

所以我才火大。明明只要他多聽別人說的話就好了。

「小晴，你爸爸就是那樣的人，這一點你不是比任何人都清楚嗎？而且，你也知道無論自己說得再多，就算吵架離家出走也沒辦法讓他改變意見。」

「……是啦。」

「那不就只能由你改變做法了嗎？你要讓自己成熟地巧妙迴避衝突，或者換一套能說服你爸爸的講話方式。不行嗎？」

「…………」

我認為黑羽說的話相當合理。

老爸本來就腦袋頑固，還維持那副脾氣上了年紀。坦白講，我說得再多應該也不能讓他改變意見。

只是，我不服氣為什麼每次都要我單方面退讓才行——會有如此的情緒湧上。

彼此還就的話倒可以理解。這不公平。

媽媽在世的時候就不一樣了。

媽媽總是敢於面對老爸，毅然生他的氣。

『老公！為什麼你都不肯好好誇獎末晴！』

『呃，我們都是苦過來的，如果不趁現在嚴格管教他……』

『有的時候那確實也有必要，但是那碼歸那碼，這碼歸這碼！』

『唔……』

『要先誇獎末晴，讓他成長才行。等末晴得意忘形再罵他就好了。』

『……我知道了啦，有紗。』

對喔，記得他們也有這樣交談過。

……呃，奇怪？以老爸的標準，我現在該不會就是顯得「得意忘形」，才會嘮叨地一直在規勸我？因為是媽媽說過的話，他斷然不肯退讓？

如果是這樣，老爸會不會也想多聽我解釋，但他就是重視媽媽過了頭才控制不住自己……？

「——志田同學，我呢，反對妳說的意見。」

白草的聲音讓我回神抬起了臉。

「為什麼？」

「我聽小末談過翹家的事後……雖然當時並沒有說出口，其實我對伯父一直有別的看法。」

「……什麼看法？」

白草大大地吸了口氣。

「——他應該要多聽聽小末講的話！」

彷彿要吹散凝重空氣的一句喝斥。

而且——不知道為什麼……

『老公！為什麼你都不肯好好誇獎末晴！』

一瞬間，媽媽的身影與其重疊了。

「伯父把小末夾在學校與演藝界中間的狀況說成半吊子，但他絕對是錯的！這不是單純得專注於其中一邊就好的問題！演技又不像體育活動或樂器那樣，屬於練得越多就越上手的技能！反而也有人是從年輕時就泡在演藝界，結果毀掉了前程！」

「關於這一點，人家也有同感。」

白草在獲得真理愛贊同後，又繼續說道：

「說小末仗著自己得天獨厚？既然小末做的是別人辦不到的事，當然會有許多回報啊！就算受到讚揚，小末也沒有瞧不起任何人！他對將來也有認真思考，學業成績更是比以前進步了不是嗎！」

黑羽對喘氣的白草插嘴。

「可知同學，小晴的爸爸大概是故意對他講話嚴厲的。畢竟都沒有人規勸的話，就沒辦法成長。」

「我曉得啊！但我說的是他太過火了！規勸沒有必要做到讓小末覺得滿不講理啊！既然小末都已經氣得離家出走，拿笨拙當藉口就不管用了！」

「……也是啦。」

黑羽跟老爸交情不淺。由於她了解老爸的性格，會對此批評置喙的時期已經過了。身為黑羽父母的道鐘伯父與銀子伯母也一樣。

「我氣炸了！小末，你要在我家待幾天都好！」

正因為這樣，當著我面前批評老爸的白草才讓人覺得新鮮。

「……謝謝妳，小白，為我把話說到這種分上。」

我如此接話以後，白草似乎就回過神來，並且臉紅了。

「啊……我、我是因為衝動……」

「不會，沒關係。妳肯說這些讓我非常高興。」

「小末……」

白草把手湊到胸口，隨即濕了眼眶。

「多虧有妳替我生氣，我冷靜下來了。小黑，能麻煩妳帶我到醫院嗎？我不知道老爸目前狀況怎樣……但現在我能坦然面對，假如可以跟他交談，我認為自己能好好道歉。」

「末晴哥哥要道歉嗎……？」

真理愛向我問道。

「聽了小白替我生氣，既然有人願意實實在在地評價我，我想也沒必要叫老爸非得跟著認同我。心境變成這樣以後，我覺得正如小黑所說，要求自己成熟一點會是最好的做法。還有，雖然我不敢說自己是否喜歡老爸，但我身為家人依然重視他。老爸目前不知道是什麼狀況，不過他如果沒死，我會希望跟他和好，也想盡起碼的孝道。小桃，我是靠妳那些話才醒悟的。」

「小晴……」

「小末……」

「末晴哥哥……」

她們三個都眼眶含淚。

我點點頭，然後出聲搭話。

「那麼，我們去老爸待的醫院吧。」

「——我在這裡。」

佛堂的拉門喀啦一聲打開。

低沉如地鳴的熟悉嗓音。

我不太想見到的那張嚴厲臉孔正朝向我這邊。

「…………嗯？……啊，等等喔。欸，不對，慢著慢著慢著。」

思慮無法跟上，我伸出手表示希望時間暫停一下。

我眨眼清了清視線，還擰起臉頰確認這不是在作夢。

就這樣經過幾秒鐘的混亂，我總算發出聲音了。

「…………老爸？」
「沒錯。」
「……你怎麼會在這裡？」
「因為我昏倒是騙人的。」
我先做了深呼吸。凡事重要的是冷靜。
不過我也就表現出幾秒鐘的冷靜而已。
滿腔怒火滾滾而上——一舉爆發了。

「我又被耍啦～～～！」

我抱著腦袋扭著身體。
「真是夠了，妳們還來啊！明明之前在聖誕派對才搞過整人企畫！」
黑羽、白草、真理愛映在我的視野角落。
當我回到家時，她們三個都已經在這裡了，表示這很可能是串通好的。
而且——正如我所料，她們三個都露骨地轉開目光，做出裝傻的舉動。
「……喂。」

我對她們三個吐槽，她們三個就轉而吹起了口哨。

「末晴，你不該用那種口氣對女生說『喂』吧。」

「麻煩老爸安靜別講話。」

「……受不了，我平常就告誡過別忘記對女性的敬意吧。更何況她們都這麼懂事，你未免太沒禮貌。你應該立刻把額頭貼到地板上向她們道——」

「說謊騙人的老爸才要先道歉啦〜〜〜〜！」

我伸手揪住老爸，在客廳的黑羽等人就低聲叫了出來。

「你冷靜啦，末晴！」

「碧，放手！我就是沒辦法原諒這個臭老爸〜〜！」

結果客廳掀起一陣怒吼與叫罵的風暴，花了超過十五分鐘才平息下來。

…………

………

……

「——到頭來，表示這次作戰是根據紫苑提議的內容行動嗎？」

「是的。」

穿制服的紫苑一臉冷淡地點了頭。她是剛剛若無其事地從老爸待的佛堂悠哉冒出來的。

佛堂所擺的電視播映著客廳的影像。

環顧客廳，可以發現天花板上設置了沒看過的監視器鏡頭。

真理愛表示「那是委託玲菜同學裝上去的」。

（這麼說來，之前在圖書準備室也發生過類似的事……）

據說紫苑身為作戰的提議者，一直跟老爸待在佛堂監看我們的狀況。

我找了紫苑，問她為什麼要想出這樣的作戰。

「丸同學，你曉得我在聽見你這次翹家的事情時，心裡有什麼感覺嗎？」

「照妳的個性，就礙眼之類的吧？」

「——我的感覺是『羨慕』。」

意外過頭的話語讓我吞了口水。

沒想到平時行為異想天開的愛睏眼女僕會說這種話，讓我眨了好幾次眼睛重新凝視身穿制服的紫苑。

「在這裡的人當中，只有我跟丸同學具備某個共通點。」

「妳是指……？」

「『目睹了父母過世的畫面』。」

我默默地點了頭。

先前，我也察覺到了這件事。

從那之後，紫苑就讓我有種奇妙的親近感。

「只是我們也有不同的地方。我不想再見到自己的媽媽……說穿了，她跟桃坂學妹的父母類似，是個相當有問題的人。然而，丸同學你不一樣。無論表面上是怎麼說的，身為天才的我立刻就看穿了你在內心敬愛著父親。所以——我羨慕你。」

我了解。我不由得了解。

假如我處在紫苑的立場，肯定也會有一樣的心情吧。

「為此，我覺得有必要讓你回想起來。」

「回想什麼……？」

「——自己重視的人不曉得會在何時離世的恐懼。」

「唔！」

我感覺到口腔乾渴，就連忙喝了擺在眼前的茶。

「對不知道這種恐懼的人說再多，應該也沒有意義。然而丸同學，『你是知道的吧』？」

「……是啊。」

「等到後悔就已經來不及了。所以我才會提議，我們應該用你爸爸遭遇意外的謊來騙你，讓你重新審視自己真正的心聲。」

紫苑的眼神無比嚴厲。我不得不訝異，平時對我總是情緒化的紫苑心裡原來有這樣的一面。

「很抱歉騙了你，小晴。」

黑羽湊了過來。

「我也覺得好像做得過火了點，但是我從以前就介意你跟爸爸之間的關係，才覺得這或許是個讓你們和好的機會……」

真理愛也跟著站到我身旁辯解。

「讓末晴哥哥的爸爸在佛堂觀看末晴哥哥的模樣，是人家出的主意。人家在想看過末晴哥哥動搖的模樣以後，末晴哥哥的爸爸是不是也會跟著改變……」

我的肩膀放鬆了。

「雖然我內心有很多想法……算了。我原諒妳們，畢竟我也知道妳們是在為我著想。」

「小晴……」

「末晴哥哥……」

另一方面，白草在稍遠處向我老爸賠罪。

「對不起，我剛才忍不住就說得太過火了——」

老爸帶著平時無法想像的柔和表情說：

「……不會，妳說得很好，我很感謝。歡迎妳隨時再來玩。」

「伯父……！」

老爸對我以外的人就滿好的耶。要是他平時也能對我這麼和善就好了，但那樣也會讓我覺得有失老爸的風格怪噁心的，難就難在這裡。

紫苑環顧現場嘀咕了一句：

「看來丸同學已經想起重要的道理，也做出結論了。我的計畫獲得了實現。所以，丸同學從今天起可以回家裡住了吧？」

我跟老爸的關係應該可以說起碼有了最基本的修復。

儘管心裡仍有疙瘩，我發現最重要的是好好跟老爸面對彼此了。

這不是讓我繼續用翹家逃避的時候。

「……對啊。我從今天起會回來這裡。」

紫苑深深地向我行了禮。

「那麼，我還要處理送客的事宜，先一步失陪。長期在外逗留，辛苦你了。我不會敬候你再次光臨。」

居然不歡迎我再去嗎？我如此心想，在這種氣氛下卻說不出口。

我板起臉，提起包包的紫苑就朝我細語：

「——受不了，連這麼基本的道理都會忘記……丸同學可真是笨呢。所以我才討厭你。」

「是是是～～對不起喔，我就是笨。不然妳平時都會放在心上嗎？」

「當然。我之所以都盯著白白不放，正是因為我將重視的人不知道什麼時候會不在的恐懼銘記在心。」

「唔！」

這樣啊，所以紫苑才會……

「雖然說，我知道自己反應過度了，但是我並不認為這樣有錯。丸同學，我跟你不一樣，我是謹守本分的。擁有許多重視的東西是件美事，不過人能保護的東西有限。所以，我會盡全力保護自己真正重視的東西……就這樣而已。」

紫苑對白草的執著與自詡為保護者的做法讓我看不過去，坦白講簡直煩人。

然而聽她說到這裡，我第一次覺得佩服。

原來紫苑有她自己的想法與行動原則。

「……不過呢，儘管拖了很久，我還是要誇獎丸同學有察覺到自己重視的東西。只要你能常記在心……哎，彼此同樣有失去父母其中一邊的境遇……偶爾要我幫幫你倒也不是不行……」

「紫苑……」

紫苑那張臉泛上一絲紅暈，還忸忸怩怩的。言行姑且不提，因為這個女生的臉蛋長得可愛，保持這樣就會像個惹人憐愛的美少女。

我眼眶都濕了。

「紫苑，妳沒事吧？在路邊亂撿東西吃是不行的喔。妳會不會是食物中毒傷到腦子啦？要我帶妳去醫院嗎？」

「唔——」

紫苑杵在原地，渾身顫抖。

「受不了！丸同學真是笨得澈底呢！往後還請你不要接近白白好嗎！」

「妳說誰笨！無論怎麼看都是妳比較蠢吧！」

「當著我這等天才的面前，你憑什麼說那種話！剛剛你才中了我更勝於諸葛孔明的計策，難道你忘了嗎？」

「那是……妳碰巧成功的！」

「哦，碰巧。丸同學總是碰巧輸給我呢，比如之前的考試成績也是。」

「啥？我可沒有輸給妳喔～～分數的差距已經拉近了，實質上要算我贏耶～～」

「好好好，這麼不服輸真是辛苦你了～～我果然是天才呢，今天也被我贏了！」

「喂，妳說誰贏？」

「好痛痛痛……！丸同學，我投降我投降……！」

在如此互動的我們旁邊，老爸嘀咕問道：

「黑羽，他們倆平時都像這樣嗎？」

「是的，哎……因為這兩個人水準相同……」

「這樣啊。沒想到他連這樣互動的女性朋友都有，我似乎有很長一段時間都沒有好好看著末晴了……」

結果，紫苑如自己所說的先一步回去了。

後來我們討論接下來該怎麼辦，黑羽、真理愛也跟我一樣決定回自己的家。

我們在可知家的集宿活動就這樣突然告終了。

「喂，末晴。」

大家得先到可知家拿行李。

當我們說完準備走出家門時。

我被老爸搭話了。

「……怎樣？」

我留在客廳目送黑羽、白草、真理愛前往玄關。

「……我現在很能體會你會猶豫不決也是難免的事。她們幾個，全都是很棒的女孩子。」

「！」

我驚訝得睜大眼睛。

「既然你有盡可能付出誠意跟她們好好溝通，那我不會再多說什麼。」

「老爸……」

「特別是白草……久違地被人教訓，讓我清醒過來了。我稍微想起了有紗。你也要幫我好好向她道謝。」

這樣啊，原來老爸也想起媽媽了。白草的講話方式說來跟她有點像。

她們的臉孔並不像，那種有話直說的性子卻讓人感到有幾分懷念，雖然對不起替我生氣的白草，但我甚至忍不住露出了笑意。

「……好，我知道了。」

或許老爸也一直都希望有誰能夠罵罵他。

媽媽亡故以後，交情良好的志田家那些人都在關懷我們。而老爸的工作夥伴肯定也明白他採取的行動是為了不讓妻子死得枉然，所以應該一樣花了心思在跟他相處。

然而周圍人們都這樣的話，落寞與憤慨就會逐漸累積在心底。

媽媽過世後，我聊起來最自在的對象是碧、蒼依、朱音這三個年紀還小就不會多費心思的人。所以，我多少能理解這一點。

（……真受不了老爸，既然是這樣就直說嘛。不過，也許因為他是大人才說不出口吧。）

即使稱作大人，說不定意外地還是跟小孩差不了多少。

等我自己上了年紀，大概也會變得跟老爸類似吧。

我有了這種想法。

＊

騙小末並且幫他們父子修復關係的作戰順利成功，目前小末、志田同學、桃坂學妹正在我家收拾行李。紫苑早一步回來了，不過現在少了三人份的餐點與住宿需求，她正在處理相關事宜。

這種情況下，我待在自己房間的床上抱頭懊惱。

「——我失態了啦～～～～！」

小末跟伯父和好了——那真的值得慶幸。

但是……我居然……忍不住向伯父說教了。

『……不會，妳說得很好，我很感謝。歡迎妳隨時再來玩。』

伯父是這麼對我說的。

我聽完就安心了，但現在回想起來，那應該只是客套話吧？

被年輕女孩子臭罵，吼回去會顯得不成熟——伯父如此判斷以後就假裝跟我道謝了。

……這是十分有可能的事。

「唔唔唔唔唔……我對未來也許會成為自己公公的人說了些什麼……」

我後悔得在床上滾來滾去。

（結果，我在這件事情當中辦到了什麼……？）

出主意的是紫苑，解決問題的最大功臣無疑是紫苑吧。

相較之下，我只是臭罵了伯父一頓。

然而到最後，我跟小末的關係還是無法有進展。

小末的父親似乎用「半吊子」這個詞數落過小末，但我現在比他更半吊子。

（我是多麼不中用啊……）

我陷入自我厭惡的情緒，還打算向小末道歉自己什麼忙都沒幫上，就去敲了他的房門。

「請進。」

受到小末的聲音催促，我走進房間。小末似乎已經收拾好行李，包包擱在地上，他自己則到了陽台上。

已經入夜了，星星在天空綻放光彩。

我站到小末旁邊，呼出的氣息變成全白。

「……對不起。」

我如此說道，而小末睜圓了眼睛。

「咦？妳為什麼要道歉？」

「因為……這次你跟伯父和好，我並沒有幫到忙……我還罵了伯父……」

「啊～～小白，妳的壞毛病出現了耶。」

小末不以為然地說。

我沒能順利掌握到他話裡的含意。

「壞毛病是指？」

「就是妳本質上膽小，動不動就會失去自信的部分。」

被小末這麼一說，我無法否定。

因為小末看過我以前繭居不出的模樣。

當我縮起肩膀感到洩氣時，小末就用開朗的嗓音說道：

「不不不，我想說的是妳根本不用沮喪。小白，我老爸反而很感謝妳耶。」

「……騙人。」

「我是說真的。他甚至特別交代，要我跟妳道謝。」

……我的頭腦跟不上狀況。

我明明扯開嗓門罵了對方，究竟有什麼地方做得好呢？

「還有，妳可是讓我在這裡住了好幾天耶。妳別說自己沒幫到忙，從頭到尾我根本受了妳超多關照。」

「可是，讓你留宿又不算我出的力。」

「要說的話，那是托總一郎伯伯之福，但沒有妳幫忙說情的話，他也不會讓我留宿啊。」

「或許是那樣沒錯……」

「真的謝謝妳。沒有妳的話，當初我就得逼哲彥讓我住他家了，但我想結果肯定會不歡而散，弄到這時候還躲在橋下用紙箱取暖。」

「也不至於那麼……」

「妳覺得不會？」

儘管我無法想像，卻不敢斷言完全不會。

「總之我的意思是我很感激妳。麻煩妳坦然接受我跟老爸的感謝。」

小末露出潔白的牙齒。

沒錯。小末的笑容能為我的心取回活力。

「……謝謝你，小末。」

我微笑，而小末不知怎地稍微紅了臉，並且仰望天空。

「我住進這個房間以後，就非常中意從陽台看出去的景觀，所以離開這裡之前想再欣賞一遍。畢竟小黑跟小桃似乎還要花時間準備。」

「原來是這樣啊。」

……奇怪？

奇怪奇怪奇怪……？等一下等一下？

現在，該不會是我告白的最佳時機吧……？

（紫苑正在跟幫傭商量事情，志田同學還有桃坂學妹在自己房間整理行李。現在這裡就只有我跟小末，而且還是在美麗的星空下，情境絕佳！）

意識到之後，我的心臟頓時猛跳。

小末仰望著天空。

他那副臉龐……好帥氣。

（咦？之前小末有這麼帥嗎？雖然他原本就很帥……奇怪了。現在的小末，會不會是世界上最帥的啊？……嗯，不會錯，他是世界第一帥……等等，想到這裡我的脈搏就快要失常了耶！唔唔唔，不行，臉好燙……我連小末的臉都不敢看……）

理性，還有大腦，正在下達命令。
『快告白！』
『妳只有現在喔！』
『時機再好不過了！』
『順勢說出來吧！』
『要說的話用三秒就能說出口！』
受到內心的聲音命令，我稍稍開了口。
我吸進空氣，喉嚨用力。
「唔……」
光是想說話，心跳就快得好像要令胸口迸開，全身還抖到連一根手指都動不了。
（萬一，我被拒絕——）
我從小學持續到現在的漫長戀情就會結束。
彼此好不容易重逢，總算能說到這麼多話。
然而，夢一般的生活將到此完結。我們應該再也無法回歸相同的關係。
（……儘管身為情敵，我卻感到尊敬。）
原來志田同學克服了這種程度的恐懼與緊張。

況且志田同學是在一大群人面前公開告白，簡直讓我懷疑是不是心臟的構造天生就不同。

連一秒都覺得像一分鐘，神經甚至通過指甲前端，彷彿已經發麻。

「呼……呼……」

呼吸也開始變得難受了。

太過緊張，讓我有目眩的感覺。宛如待在夢裡，腳輕飄飄的。

不過，既然真的只能趁現在——

我大口吸氣。

「……小末……」

「嗯？」

小末原本將視線朝著星空，現在低頭看向我。

我感受自己被他看著，卻無法正視他的眼睛。

「……小白？怎麼了嗎？」

現在我肯定滿臉通紅了吧。

畢竟我覺得好害羞好害羞，連臉都抬不起來。

但小末不知道我為什麼會變成這樣。

假如他是靠表情就能洞察我有何心思的人，就算我不告白也早就把心意傳達給他了。

（所以——）

當下是決勝負的時刻。

為了不落後於情敵，我要告白——

「小……末……」

「噢……」

「小末……」

「嗯。」

「……小末！」

我叫了好幾次名字，到最後才抬起臉。

擠出一生只有一次的勇氣。

用眼神向他傾訴「我愛你」。

「小白……」

大概是感受到我跟先前有差異了吧。

小末臉上也閃過了緊張的情緒。

「小末，你聽我說……」

「好、好的……」

「我……」

這時候，有些許聲音傳來。

「不知道可知同學去了哪裡。」

「該不會是在末晴哥哥的房間吧？」

啊啊，那兩個人正在接近。

時間限制就快到了。

「小末，我對你——」

「妳對我——？」

小末臉紅了。正在期待什麼的眼神——看似如此。

志田同學與桃坂學妹的聲音逐步接近。

心跳變得更為劇烈。

我像是受到這些跡象催促，因而開了口。

「我對你是非——常依賴的。」

「…………咦？」

小末原本擱在陽台扶手上的手滑掉了。

「……因為爹地很多時候都不在家，有小末在家裡，我覺得非常有依靠。下次再來我們家留宿。」

小末一連眨了好幾次眼睛，然後搔搔頭。

「啊……啊～這、這樣喔！那真是榮幸耶！好啊，麻煩妳下次再讓我留宿！」

「──小晴，可知同學有沒有在你那邊？」

「──啊，學姊果然在這！」

志田同學跟桃坂學妹湧進房間裡。

「等一下，可知同學！妳剛才都在這裡做什麼呢～～？」

「還待在陽台！請學姊老實招出來！」

啊啊，又是平時那副調調。

明天開始我們的關係也不會改變。

（那太好了，可是──）

欠缺勇氣的自己讓我受挫。

（這麼大的機會放在眼前，我──還是沒能說出口……）

多沒有骨氣啊。

我應該已經成長了。為了跟小末見面，我努力學會了許多東西。

我曾以為心靈也跟著變堅強了。

然而——

我好懦弱。

我愚蠢到情況已經萬事俱備，卻表達不出自己最重要的心意。

「小白……」

「可知同學……？」

不知道為什麼，小末和志田同學露出了訝異的表情。

「學姊，這給妳用……」

桃坂學妹遞了手帕過來。

回神後，我發現眼淚沿著臉頰滴了下來。

「怎、怎麼了，小白？我做錯了什麼事嗎……？」

「咦？啊……沒有，不是的。呃……小末，你們在我家住了好幾天吧？我沒想過你們是今天要回家，所以突然覺得好寂寞。」

「是、是喔……這樣啊。我也會寂寞呢。雖然受人照顧不太好意思，感覺倒像長期拍外景一樣，還滿有意思的……」

「嗯，下次再來住吧。隨時歡迎你們。」

「好啊！」

小末似乎信服了，然而近在身旁的志田同學和桃坂學妹卻不同。

「…………」

「…………」

她們倆都沉默不語，不過大概已經察覺到我曾想告白了。

然而眼裡並無同情之色。

當然了，畢竟我們是情敵。

（……還沒完，我沒有放棄告白。）

我懷著如此的想法，往志田同學與桃坂學妹瞪了回去。

沒錯，我不能再繼續出醜。

儘管這次沒能順利告白，下次做好就行了。

原本我不就決定要在情人節定勝負嗎？

下一次，我肯定會告白。

（在那之前，你要等我喔，小末……）

我側眼望著小末，對他送出了這樣的意念。

第四章 情人節，而後

＊

日子的流逝令人眼花撩亂。

上學、課業、群青同盟的活動，還有小說要修稿&校對。小說並非一度寫完就結束了，之後仍有配合編輯指正修稿，以及著者校對這一類的作業。

被忙碌的日常生活追趕，一天在轉眼間便會結束。

然而我當然並沒有放棄向小末告白。

（到了情人節，我一定會——）

不會再有慘淡的結局。

如此立誓的我研磨著內心的利刃。

而在某天，我將修稿完畢的小說提交出去後有了一點時間，就拿出甲斐同學給我的「企畫書」過目。

甲斐同學已經展望到群青同盟的下個年度，還發派課題給各個成員。

小末的課題是「增進學力」。

志田同學是「練習演技」。

桃坂學妹是「募集新社員的方法」。

至於我——就是這份「企畫書」。

按照甲斐同學的要求行事並非我的本心。

然而這份「企畫書」勾起了我的興趣，刻意不讀根本沒有意義。

因此我認為這剛好是個機會，就決定讀「企畫書」。

「……………原來如此。」

以內容來講，並沒有特別意外的東西。

單純就是「由群青同盟拍攝有劇情的影像作品」。

比如電影、連續劇——甲斐同學寫到他想製作這一類費周章的東西。

以往群青同盟參加廣告比賽等活動，都是硬趕著在期間內製作出各種影片。

不過那些頂多花幾週就能完工。這項企畫的差異在於它是要從好幾個月前就著手準備，屬於大費周章的企畫。希望讓群青同盟有所發展，既然組織好不容易走到這一步就希望做大事，會有這種念頭是人之常情。從那層意義而言，這是一份正派得「在某方面有違甲斐同學作風」的企畫書。

甲斐同學委託我的工作，是執筆這部影像作品的腳本。

不過——

「該影像作品的劇情已經打底完成」，這一點令我感到意外。

劇情簡要來講是這樣：

『主角是演藝經紀公司的製作人，事業順利，最近還跟大老闆的女兒結了婚。在他如此一帆風順的人生中，有一大轉機來臨——新接任製作工作的偶像。他跟那個女孩談了人生首度的戀愛。身為已婚者卻談戀愛的主角隱瞞自己有妻子，跟女方結合了——然而，感情告吹。當偶像的少女得知自己所愛的男人已經結婚，便絕望地離去。男方認為自己是因為有妻子才使得女方鬧失蹤，就自私地離了婚，但他愛的少女並沒有回來。之後，男主角順利出人頭地，當上某間經紀公司的老闆。然而他最後卻被自己跟離婚妻子所生的兒子了結。』

讀完企畫書的內容以後，我大大地吐了口氣。

「他寫這齣戲，不知道有什麼目的……」

我不懂甲斐同學的用意。

內容方面最接近於……午間連續劇？以高中生製作的影像作品來講，關係會不會太亂了？

應該無法期待這個主角能得到觀眾共鳴吧。明明已婚還染指自己負責製作的偶像，簡直差勁透頂。

既然如此，乾脆以這個得意忘形的男人在人生路上落魄潦倒當賣點如何？

基本上，他在跟偶像少女分手時就該沉淪得更深。那樣一來，最後也就不用讓兒子來了結他。曾經染指偶像也能事業順利的設定，某方面而言是滿現實的沒錯，但是不讓他在該沉淪的時間點沉淪，導致故事就此拖長了。

不過——我個人覺得這故事很有意思。

我不知道甲斐同學是透過什麼樣的靈感才想出這篇故事，也不明白他寫這份企畫書有什麼用意……但「這值得我從中操作一番」。

（比方說……對了，不以演藝經紀公司的製作人當主角，而是換成他兒子的話……）

從小聽母親埋怨而發誓向父親復仇的主角。

被揭開的往事；了結父親帶來的痛快要素。

（……嗯，改成這樣，無論以故事或娛樂作品來說都是正確答案。）

當我展開想像力的翅膀思索著要寫成哪種腳本時，手機就收到了訊息。

志田同學傳來的。

「大家一起做情人節巧克力的日期時間，我想差不多該定下來了耶……」

我開始收拾企畫書。

沒錯，現在要緊的是情人節這邊。企畫書裡的故事要改編成腳本仍需花時間，而且想改動故事的基礎，跟甲斐同學商量是不可或缺的。

我為了切換心情而使勁伸懶腰，然後滑起了手機。

*

在制服外面圍了圍裙的我、志田同學、桃坂學妹正忙著做巧克力。

桃坂學妹俐落地秤好材料重量，一旁志田同學拿起菜刀用漂亮的刀法將巧克力板削細剁碎。

側眼看著她們的我注意到水滾了，便關掉爐火。

明天是情人節。

我們三個依照討論好的在放學後直接去採購，然後到我家廚房集合。

「志田同學，容我再三強調，調味要由我跟桃坂學妹來弄。」

「真的請學姊自重喔。人家在採購途中就想了三次有沒有辦法讓學姊關節脫臼然後送醫。」

「欸，說成這樣喔！妳們倆真的很過分耶！」

志田同學發出責備之語，然而那是我們要說的台詞。

「過分的是妳，志田同學。妳伸手去拿魚露時，連性情溫和的我都動了殺機。」

「讓人家差點發飆的是糾正學姊後聽見的話，居然說：『可是妳們不覺得味道跟巧克力很搭嗎？』……人家甚至想拍影片上傳到群青頻道。沒被人噓爆的話，黑羽學姊大概不會學乖。」

「我主張的論調是那樣依然無法讓她學乖。這女的可是被我們吐槽那麼久，還擺著一副『自己沒有錯』的臉喔。」

「原來如此，的確。沒想到人家這次被駁倒了呢。」

「別介意。我們是對志田同學的味覺起了殺機的夥伴，今天就由我們倆合力撐過去吧。」

「說得也對。」

「妳～～們～～兩～～個～～！」

我跟桃坂學妹同時狠狠地瞪向志田同學，還分別將裝著已經隔水加熱融化後的巧克力，以及裝著鮮奶油的大碗捧給她。

「「拿去攪拌！」」

「……是。」

碰到我們兩個聯手，志田同學似乎覺得自己拗不過了。或許事先拜託小碧對志田同學說教，要她在廚房聽我們的話也發揮了效果，她意外安分地攪拌起巧克力與鮮奶油。

忽然間，志田同學停下動作，看似冒出了好點子而嘀咕：

「啊，對了，我剛才在放調味料的地方有看見豆瓣醬——」

「「——不行！」」

我們做巧克力的進度就像這樣持續推進，順利冷卻凝固的巧克力已經擺到眼前。

志田同學做的是樸素的立方體巧克力，她分成了許多小包裝。

「黑羽學姊，妳是連要送給朋友的巧克力也一起做嗎？」

桃坂學妹問道。

「嗯，每年我都會準備滿多的。小桃學妹也是嗎？」

「對啊。今年開始上學以後，人家多了不少朋友，因此做得比往年多一倍。」

在桃坂學妹面前擺著一排小巧的心型巧克力，裡面還加了綜合堅果，在在展現出烹飪的本領與我們有所差距。

「可知同學呢──」

「哎，不用問學姊也曉得啦。」

在我眼前──只有一大塊狗狗造形的巧克力。

起初我也考慮過可以將巧克力倒進特大號的心型模具。

但那樣會不會太露骨呢──做了特大號心型巧克力而被嫌「沉重」的話要怎麼辦──經過種種考量，到最後我決定不在形狀上搞怪，就選了可愛的狗狗造形。

不過就算這樣，我依然忍不住想表達自己對小末情意有多麼龐大的衝動，就用尺寸最大的模具──還是立體造形的──因此，我做出了尺寸相當於硬式棒球的狗狗造形巧克力。

「要吃似乎不方便耶。」

「唔唔！」

桃坂學妹隨意的吐槽讓我抱住胸口。

做出來以後我就發現了。可愛造形的立體巧克力不方便食用，還有外觀仿照動物外型，要掰碎就會伴隨罪惡感。或許女生會因為可愛的外觀而開心，但男生會不會開心就相當令人懷疑。

「還有可知同學除了真情巧克力之外幾乎沒做別的份，好像也是一個吐槽點。」

「我不太會送巧克力給朋友……呃，我是打算送給紫苑和芽衣子就是了。」

我做的是明顯下了工夫的特大號狗狗巧克力……另外就只有幾顆造形簡單的巧克力球。

「跟群青同盟相關的人姑且還有哲彥學長，各位會送他嗎？」

「萬一傳出奇怪的流言就討厭了，所以我略過。」

我立刻回答。

「對方好歹也是學長，人家打算送他一份。」

「我也姑且有準備。」

「任妳們決定。」

我這麼告訴志田同學與桃坂學妹，然後將方才包裝好的小袋子擺到她們面前。

「所以嘍，這是我送妳們的友情巧克力。儘管早了一天，但我明天或許就沒有力氣送了，趁現在先交給妳們。」

「咦？」

「咦？」

志田同學與桃坂學妹眨起了眼睛。

表情透露出難以置信。

「因為群青同盟讓我們聚在一起啊。我固然討厭甲斐同學，不過妳們除了是跟我搶小末的情敵之外，倒沒有令我討厭的要素。」

「是喔……」

志田同學蹙眉拿起了裝巧克力的小袋子。

「可知同學這種地方，說來滿卑鄙的耶。」

「就是啊～明明做人很笨拙……不對，正因為這樣，有時學姊投出的直球才格外犀利。」

「妳們不要我就收回來嘍。」

我亮起眼睛，志田同學就大大地嘆息。

「我要啦。還有……來，給妳的回禮。」

志田同學把剛包裝完的巧克力遞給我。

「人家也有準備……請收下。畢竟在心態方面，人家跟白草學姊並沒有差異。」

桃坂學妹也將可愛的心型巧克力遞來給我。

我認同志田同學與桃坂學妹是強大的情敵，而且絕對不想輸給她們，但這不代表我討厭她們的為人。她們倆施展出的計策以及積極性，反而讓我懷有憧憬與尊敬之意。對付赫迪．瞬之流的敵人時，感覺再沒有比她們更可靠的夥伴了。當然，我絕對不會把小末讓給她們，因此我倒希望她們能去遠方待個一年左右。

但現在我知道了。志田同學與桃坂學妹八成也有類似的想法。

「來做最後的確認，情人節當天我們互不干擾，各自隨自己高興行動……這樣可以吧？」

「嗯。只是不准色誘喔。」

「人家明白。」

僅僅確認過這些，淡然將廚房收拾完以後，她們倆就回去了。

明天是情人節，對少女們而言堪稱戰爭的日子。

我不會祝彼此武運昌隆，卻也沒有冀望情敵失敗的念頭。

自己要如何盡全力呢？

在我們三個人心裡肯定都只想著這一點。

＊

情人節當天。我迎來了一如往常的早晨。

老爸已經出差，因此家裡只有我一個。鬧鐘的聲音叫醒了我。

說不定黑羽或真理愛會來叫我起床，並且把巧克力交給睡眼惺忪的我——我也稍微做了這樣的妄想，卻完全沒有這樣的跡象。順帶一提，妄想中之所以沒有白草，是因為姑且不提黑羽跟真理愛，在我的想法裡白草並不會那麼做。

「呼啊……」

我打著呵欠，並沒有往客廳走——而是有意無意地看了看平時不會去留意的玄關信箱。

「……沒有啊。」

我斷然不是在期待裡面擺了巧克力，但姑且有必要確認。

無形間始終沒辦法鎮定的我吃完早餐，換好衣服，走出家門。

上學途中，我一邊走一邊警戒自己有沒有被誰看著。是否有這麼做，被突然搭話時的反應就會跟著不同。心理準備對於任何事都很重要。

不過結論是什麼也沒發生，當我警戒到開始覺得累的時候，就跟哲彥碰個正著了。

「真難得耶。」

「的確。」

我平時都趕在上課時間前一刻到校。哲彥屬於滿早到校的類型，因此我大多不會在上學途中遇見他。

不過我今天並沒有賴著睡回籠覺，似乎就剛好跟哲彥同一個時間上學了。

我忽然發現哲彥拿著百貨公司的紙袋。

「你拿的那是？」

「用來裝巧克力的。」

「——去死啦。」

我搶著接話。

「……去死啦。」

為了確實傳達殺氣，我特意講第二次。

哲彥無奈似的嘆息。

「你還是一樣沒骨氣耶～～末晴。」

「我只是在替全國的高中男生代言。」

「好啦，你到去年為止應該都屬於叫人去死的那一邊，今年又怎樣呢？」

「這話是什麼意思？」

「哎，我們去看看結果吧。」

這傢伙依然只會自說自話。

但是，我在抵達校門時明白了他的意思。

「來了……！」

「唔哇，不愧是哲彥同學，感覺好從容～～」

「末晴同學嚇到了呢！」

「呵呵，抱著遲到的決心過來算值得嘍～～」

一群少女佇立在校門前。

乍看下……有三十個人吧。

制服各有不同。不對，不只外校生，還有零星的國中生與社會人士混在裡面。仔細一看，連我們去慶旺大學幫忙話劇社時的女性也在。

「啊，末哲拍檔正好到齊！」

「他們還是一樣可愛～～」

該怎麼說呢，氣場驚人。

明明每一個女生都很可愛，不過坦白講，集結成群以後就恐怖了。而且女生那邊也無意識地領會到人多的優勢，現場瀰漫著即使比平常大膽任性好像也可以的氣氛。

「送巧克力的同時就順便到處摸一摸吧！」

疑似國中生的兩個女孩子講出了這句台詞。

……摸一摸是什麼名堂？為什麼她們兩個要做那種事情？還有，所謂的到處摸一摸是要摸哪裡？她們還說順便，我聽了卻只覺得摸才是主戲……

「嗯～～雖然我想歡待來迎接的女生，不過好像也有稍微難應付的女生在——」

「喂，哲彥——」

我用手肘頂了頂他。

用眼神溝通過後，哲彥立刻點了頭。

「我知道啦。」

「行嘍。」

「好——我們跑，末晴！」

我們倆同時拔腿就衝。哲彥跟我分成左右兩邊，跑著鑽過女生之間的空隙。

「唔！」

「怎麼會！」

我當然超愛女生，被女生包圍可說是我嚮往的情境。不過那跟自己跑去當食人魚的飼料是兩回事。

噠噠噠噠地衝過校門，來到校舍出入口。

大概是因為到這裡只有穗積野的學生能出入，都沒有女生在守候。

「呼……好險。」

跑步使我冒了些汗。

我換上拖鞋並且脫掉大衣，有個小盒子就掉了出來。

「怎麼會有……這個……？」

什麼時候放進來的……

「喂，末晴，我也中了不少女生的招。」

裝巧克力的盒子紛紛從哲彥的大衣口袋與胸口掉出。仔細看，連他手上的百貨公司紙袋都被塞了好幾份附情書的巧克力。

唔，不愧是情人節……看來女生的戰鬥力比平時高好幾倍……

「我也沒看見她們的動作。情人節當天的女生真棘手。」

「你趁這個機會改掉愛勾搭女生的毛病比較好。」

「早說過了吧。那才不叫勾搭女生，我只是把愛平等地分給可愛的女孩子罷了。」

「……無論怎麼想，你那都是在替自己立死旗。外校女生送的巧克力就算了，我們學校的女生送你的巧克力會不會下了毒？」

「沒問題，不太妙的我大致上都能立刻分出來。」

「你怎麼會知道啊？」

「根據長年經驗，我學到氣味與顏色不妙的最好要避開。」

「我看你遲早會說自己已經適應毒素了。感覺那種才能應該要有效運用。」

不知道哲彥今年的人氣如何。

他一直到群青同盟成立前都很惹人嫌，但是在成為群青同盟的帶頭者以後，風向就稍有改變了。多虧如此，甚至偶爾也有想偷跑追求他的女生。

「不扯那些了，末晴，袋子我還有多準備一個，你要嗎？」

「噢，拿來拿來。」

我把女生放進大衣裡的巧克力都塞到哲彥給的百貨公司紙袋。

沒想到自己居然要用這種袋子裝著巧克力到處走……人生會有什麼樣的際遇還真是難料……

「有罪～～～～～～～～～～！收到一堆巧克力的傢伙，統統有罪～～～～！」

「我懂，我懂你的感覺，鄉戶！就是因為有那種傢伙，我們才分不到巧克力！」

我發出嘆息，並且低聲告訴哲彥：

「跟你處在相同立場，還滿不好受的……」

從學校的女同學們手中收到好幾份巧克力根本是作不完的夢，要拿真情巧克力的話就更不用想了——以往我都這麼認為。

如果把志田姊妹算進去，我每年當然都收了好幾份。

不過這是所謂的家人保底名額，跟情人節風格的巧克力有差異。即使如此，我光是能收到黑羽送的巧克力就會被別人羨慕。

然而從包裝來看，目前紙袋裡的巧克力都相當用心。

哎，由於發生過「體諒我，群青」事件，女生們都認為我的真命天子是哲彥才對，所以要說的話，應該是湊熱鬧或送好玩的人居多。想必是群青同盟出了名，我的知名度跟著提升了，女生們才送我巧克力意思一下……因為這樣而遭人嫉妒，說來還挺累的，坦白講沒什麼甜頭。

「會嗎？你不覺得看那些敗犬的表情很好玩？」

「你還是一樣差勁到不行，做人爛成像你這樣反而痛快。」

「不過啊，我原本以為你會更得意……噢，謝啦！」

哲彥意外似的嘀咕。還有，最後那句「謝啦」是他一邊講話一邊從學妹手中收下巧克力所做的回應。

「我呢，在被小黑告白以後，就處於要她等待的狀態。收到巧克力當然很高興啦，但是像以前那樣歡天喜地會對不起小黑。」

「哦～～那你還真清高。」

「對呀對呀，不像小晴會說的話。」

黑羽從哲彥後頭把臉探出來。

「唔，小黑！」

「你怎麼嚇到了呢？」

「呃，因為……」

我總覺得尷尬，因而把紙袋藏到背後。

「……那麼，我先走嘍。」

哲彥隨口交代完就準備往走廊那邊走，我便抓了他的圍巾把他攔住。

「喂！」

「哎，我留著打擾到你們又不好。」

「大家超注意我們這邊的，所以我希望有個伴。」

在黑羽出現的同時，朝我這邊看來的視線就飛躍性地增加了。

起初我以為是男生嫉妒的視線，不過好像也有很多女生在看。

「小黑，加油！」

有女同學只從柱子後面探出臉喊話聲援。

……原來如此。這些女生是黑羽的啦啦隊嗎？

「哎喲～～！妳們加什麼油，很不好意思耶……」

話雖如此，看來這個局面對黑羽來說並不是刻意促成的。

唉，不好意思是當然的嘛。我也會。

「末晴，加油！」

哲彥模仿女生們聲援，用雙臂夾緊腋下。

我立刻朝哲彥的肚子賞了一拳。

「你剛才是在演哪齣？看了讓人超火的耶。」

「啥？我不是在幫你加油嗎～～？」

「有必要特意模仿嗎？」

「模仿是有什麼錯？」

「唔喔！」

對方還手給了我肚子一拳。

「哲彥，你這傢伙！」

「噢，要打就來打啊！」

「好了好了，你們倆都冷靜！」

黑羽拍拍手闖進我們之間，我跟哲彥不得已拉開了距離。

「哲彥同學，你剛才那樣，就算是小晴也會發飆的。」

「嘖！」

「小晴也氣過頭了。來，吃這個讓情緒鎮定下來。」

「噢，謝啦……呃……」

遞到我手裡的是一只包裝精美的四方形盒子。

這無論怎麼看都是……

「巧克力……」

「……嗯。小晴，感覺你今年收到了很多巧克力，或許沒辦法讓你比去年高興就是了。」

「我、我怎麼可能會那樣啊！」

聽黑羽說得那麼內斂含蓄，讓我打從心底暖起來。

有種使命感要我非得設法表達出當下的心情。

「那、那個，我非常開心……謝啦，小黑……」

「……嗯。經過聖誕節那件事，我想你也曉得……這是真情巧克力。」

「「「噢噢噢噢噢噢噢噢噢噢噢噢！」」」

旁人鼓譟起來。

那當然了。這裡是走廊，或許圍觀群眾比在舞台上公開告白時來得少，隨便算也還是有幾十人。

腦袋裡一陣震盪。

好熱，我甚至感到暈眩。

黑羽的攻勢依舊驚人。

正攻法，卻有超重量級的破壞力。

同樣是收巧克力，「當著眾人面前」就讓威力膨脹成好幾倍。這太過脫離日常生活，因此既新鮮又震撼，胸口不由得隨之怦然悸動。

輕易屏除當著眾人面前的壓力，來奪取我的心臟。這應該可以稱為凡人到底不可能使出的一擊吧。

我的頭腦燒得恍惚，還咬字不清地說：

「謝、謝謝妳……小、小黑……」

「嗯，不客氣……」

然而就算是黑羽，似乎也不是完全不會害羞。

她滿臉通紅，而且低著頭，不知所措用手指捲著耳邊麻花辮的模樣更是可愛得令人生恨。

「……我還想黑羽學姊怎麼從班上離開了呢。」

有許多同學看著我跟黑羽，不過大家怕干擾到我們，只是站得遠遠的。

真理愛卻明目張膽地撥開人牆接近過來。

「啊～～好的好的，看來黑羽學姊已經送完巧克力了。」

真理愛沒好氣地瞟過來，嘀咕的冷淡口氣像是在說自己奉陪不了這齣鬧劇。

「呃，小桃學妹？請妳看一下場合好嗎？」

「人家有啊。由於兩位在走廊中間互通款曲，不方便通行而感到困擾的人可是多著喔。」

「唔——」

黑羽咂嘴。

回頭望去確實可以發現有部分顯得沒興趣的同學正困擾似的望著我們，一邊將人牆撥開。

「所以嘍——」

話鋒一轉，真理愛帶著開朗嗓音牽了我的手。

「請收下人家的巧克力！末晴哥哥！我們走這邊！」

「欸，妳、妳打算帶我去哪裡？」

「末晴哥哥的座位！」

「咦？」

啊，對喔，剛才真理愛說過「我還想黑羽學姊怎麼從班上離開了呢」。

表示她先前在我的教室嘍？

「快嘛快嘛，走這邊。」

我回過頭，只見黑羽帶著平靜的表情點了頭。

那應該是我可以離開的意思吧。

老實說，我曾擔憂她會跟真理愛大吵一番或者演變成雙方拉扯的狀況，所以有點意外。

跟我接受黑羽公開告白之後就不會為了巧克力患得患失一樣，或許黑羽也開始改變了。

彼此有信賴感及安心感。以往是本著青梅竹馬的立場，現在則有視彼此為戀愛對象的意涵。

也許這使得黑羽出現了這種態度的轉變。

「——你覺得怎麼樣呢，末晴哥哥！請收下人家的心意！」

「…………」

一走進教室，桌上擺著的巧克力蛋糕就闖入我眼裡。

樣式氣派，蛋糕疊了兩層。一瞬間甚至讓我心想：這是結婚蛋糕嗎？

蛋糕頂部擺了心型的巧克力。

作工精細，專業的甜點師應該也沒辦法輕易做出來吧。

Love

「……小桃，妳用什麼方式搬來的啊？」

「從家裡到學校是委託業者，從業者的貨車到這裡則是請玲菜同學幫了忙。」

「這、這樣喔……」

「是的！」

真理愛一臉笑吟吟的，但我希望她能考量一下我的心情。

我當然覺得高興，收到這麼豪華的巧克力蛋糕會開心是理所當然的——然而腦海裡更多的想法是：「尺寸這麼大要怎麼辦啊？」

座位擺著這玩意兒顯然上不了課，可是它又不是能輕易搬動的東西。

「……咕嚕。」

「……那太扯了啦。」

「不曉得他們打算怎麼辦。」

「哎，姓丸的會負責吃掉吧。」

「話說他最好吃到撐死。」

看來我的同班同學也有一樣的想法。

固然是有嫉妒的心情，但感覺現場更有一種「啊～～這下怎麼辦～～」的強烈氣氛。

「咦……難道說……人家造成末晴哥哥的困擾了嗎……？」

「唔！」

真理愛露出哀傷的表情。

「人家想著要表達對末晴哥哥的心意，成品就變成這樣了……」

聽她這麼說，我只能這樣回答：

「是、是嗎！謝謝妳嘍！能收到這麼大的巧克力蛋糕，我還真幸福耶～～！」

「太好了！」

真理愛嫣然一笑。

嗯，果然還是笑容比較適合她。

「人家非常努力喔！今天是早上五點起來動手烤海綿蛋糕的。啊，趁昨天先將海綿蛋糕烤好也是可以，不過放進冰箱的話難免會變硬，人家覺得還是要顧及美味比較好！」

「這、這樣啊，謝謝妳特地費工……」

「這些鮮奶油是從北海道的五個產地訂購，人家還靠自己的味覺從中選了最頂級的珍品！」

「好、好喔……」

「一切都是希望末晴哥哥高興才奮發完成的！」

「謝、謝謝……」

怎麼搞的，教室裡一片安靜。

空氣好凝重……

沒錯，很凝重。我不說凝重在哪裡，總之各方面都有。

可以曉得的是連班上同學看了都有點不敢領教。

「末晴哥哥，你願意吃嗎……？」

真理愛含情脈脈地仰望我。

我身為她的大哥，就拍了胸脯這麼說：

「吃啊，當然吃！」

「那人家餵你，來吧，啊～」

真理愛迅速拿出了紙盤與塑膠湯匙，這不要緊。

但是她舀的分量多了點。明明跟超商買便當附的湯匙同樣尺寸，無論怎麼樣都無法一口吃下去。

這麼說來，我看過這種場面。我想到了，那是在結婚典禮切蛋糕的光景。阿姨舉辦婚禮時，她的老公就被餵了分量多得一口無法吃下的蛋糕，結果直接抹到了臉上。

我現在的狀況就跟那一樣，一口絕對吃不下。

但是——

「啊～」

看見真理愛滿懷期待的眼神，我便逃不了。

……好，吃就吃吧。我也是個男人，要勇於應戰。

「啊～～～」

我將嘴巴張大到極限——

「嗯！！！」

然後豁出去啃了蛋糕。

……啊，抱歉。有點勉強。奶油沾到鼻子上了。真的抱歉。我一口吃不了。沒辦法沒辦法。

果然還是不行。呃，請不要拿湯匙硬塞好嗎？呼吸被堵住很難受耶。

「好吃嗎？」

與其說這是在吃蛋糕，給我的印象更像被蛋糕推擠。

可是不吃就沒辦法讓分量減少。

我用了全力咀嚼，還擠出幾乎乾涸的唾液，強行將海綿蛋糕吞下去。

「……好吃。」

鼻頭仍沾著奶油的我這麼說道。

不愧是真理愛，手藝跟黑羽不同。原本我覺得裝飾的工夫很了不起，但味道也一樣好。

「太好了♡那再吃一口……來吧，啊～～！」

「！」

周圍鼓噪起來。

真理愛用湯匙舀起超過剛才的分量，朝我餵了過來。

往旁一看，哲彥正在胸前劃十字。

喂，別鬧了，你根本沒在乎過宗教吧。別搞那種花樣，快來幫幫我。

「請張開嘴巴，末晴哥哥♡」

呃，我的肚子和心都已經被填滿了啦。

真理愛的心意固然令人高興，不過這實在……

——當我這麼想的時候，真理愛就吐了吐舌頭。

「對不起，人家似乎戲弄過頭了。」

「……咦？」

「人家從一開始就曉得這並不是末晴哥哥一個人能夠吃完的分量，而且也知道照這樣會影響到上課。所以說——玲菜同學。」

「來嘍來嘍～～總算輪到我出場了喲～～」

提著超市購物袋的玲菜突然走進教室。

時間點這麼準，原來她都在走廊觀望嗎？

「桃仔，這給妳～～」

玲菜從袋子裡取出了蛋糕刀與蛋糕鏟，然後遞給真理愛。

「那麼，我們趕快行動吧。」

「好。」

玲菜準備了紙盤，真理愛則陸續將蛋糕切塊盛到盤子上。

「學長學姊們請用。走廊上的各位也來吃吧。分完之前任何人都可以過來拿喔。」

我好像聽見了「咦？」的聲音。在這段期間，玲菜還將塑膠叉擺到了紙盤上。

「給我一份！」

「啊，我也要！」

教室裡的同學湧了過來，原本在走廊的學生也一樣，群眾勢如怒濤地聚集到真理愛身邊。

「末晴哥哥，哲彥學長，能不能請你們幫忙呢？」

哲彥搔了搔頭。

「算妳欠我一次喔。」

「不然就用一塊蛋糕當報酬。」

「那我嫌麻煩，算了。」

「這些蛋糕吃不完的話，留在末晴哥哥的座位上，不會讓你覺得礙眼嗎？」

「……也是啦。」

「感覺末晴哥哥本身也會發牢騷，對你造成麻煩喔。」

「妳連這些都算進去了啊……懂啦，就收妳一塊蛋糕。」

「謝謝學長。」

結果，我與哲彥也決定加入，幫忙將特大號蛋糕分給大家。

這有什麼樣的含意，事情又為什麼會變成這樣，我始終一頭霧水。

*

「白草同學……」

芽衣子拽了拽我的制服袖子。

待在教室一隅的我默默地看著桃坂學妹發蛋糕的景象。

我仍將視線固定在桃坂學妹身上，並且回話。

「……怎樣，芽衣子？」

「妳的臉色變得滿恐怖耶。」

「……是啊。我想應該很恐怖。」

「剛才志田同學送巧克力給丸同學時，感覺妳也是一樣耶……」

「懷著的情緒相同，會這樣是當然的。她們倆真的都好難纏……」

我用除了芽衣子以外沒人能聽見的音量嘀咕。

志田同學與桃坂學妹——她們倆用的手段，是我辦不到的手段，而且都能感受到有巧妙的意圖。

志田同學將自己已經公開告白的優勢活用到了極限。

（沒想到她一到學校就公然在走廊……而且居然連送的是真情巧克力都告訴小末了……）

在聖誕派對上的告白並非一時意亂情迷，我依舊喜歡著你喔——彷彿像這樣叮嚀著小末的送禮方式。

或許震撼力不如當時在舞台上告白，但她竟然在每天都會經過的走廊上送情人節巧克力……太驚人了。小末以後每次經過走廊，大概都會想起自己收過真情巧克力吧。

……這女的多麼工心計啊。不僅如此，她還有膽量做我跟桃坂學妹都不敢去做的事情。

更了不起的是她趕在一大早就行動。

既然小末在群青同盟活躍，就算發生過「體諒我，群青」事件，還是有許多女生會想送他巧克力吧。

但志田同學趕在一早聲明是真情巧克力並且送出去，之後送的女生就會相形失色。

假如有學妹說：

『這是真情巧克力！請你收下！』

即使靠年輕的衝勁送禮，排在志田同學後面也會變成炒冷飯。

志田同學的行動提高了送巧克力給小末的門檻，可以說閒雜人等就此被她驅離了。這女的還是一樣恐怖。

桃坂學妹在能力範圍內同樣盡全力做了發揮。

（把要送的禮物做成特大號，就能不經告白而表達自己的好感有多深……）

看來桃坂學妹是「決定仍不告白」。

如果她真的有意告白，根本就不會做出把巧克力蛋糕分給大家的舉動吧。與其那麼做，在早上或傍晚將蛋糕帶到小末家裡還比較合理。

（但是，那塊蛋糕花費了勞力與金錢，任誰來看都一目瞭然。）

志田同學靠著膽識，讓還沒送巧克力的女生們產生畏懼，提高了門檻。

桃坂學妹則是送了大禮，對旁人進行威嚇，化身成一道追求小末會碰上的高牆。

光是花了點心思親手做巧克力，只要跟桃坂學妹一比較，無論如何都會變得遜色。我也不例外，早知道就做更豪華豐盛的巧克力了——我甚至如此反省。

小末從桃坂學妹那裡收到了這樣一份大禮，自然會理解她的傾慕之意有多深。換句話說，就是「不透過告白的方式，也讓小末理解自己受到了近似於告白的對待」。

更何況，桃坂學妹還打算迎頭趕上我與志田同學。

巧克力是我、志田同學與桃坂學妹三個人一起做的。所以，任誰都會覺得她應該是要送當時做的成品。

桃坂學妹確實送了當時做的心型巧克力。不過，那只是蛋糕頂端的裝飾。

（儘管送了大家一起做巧克力時的成品，不過那到底只是整體的一小部分而已……她真有一手。）

桃坂學妹沒有輸給志田同學……還一舉達成了「用特大號蛋糕誇示自己花的勞力，壓制住那些只有半吊子心意的女生」、「對小末表達了自己用情之深」、「超越了我與志田同學原本設想的巧克力」，成果豐碩。

——不，我想還有另外一點。

把蛋糕分給大家，是她拉攏群眾的戰略。跟志田同學靠公開告白拉攏到群眾一樣，她肯定是想用發蛋糕的方式收買人心。

「……白草同學？」

芽衣子擔心似的向我搭話。

「志田同學與桃坂學妹……真的都很厲害……」

「白草同學，妳不送巧克力嗎？」

「……我本來是想觀察時機。不過，至少早上已經沒希望了。」

領蛋糕的人排成了隊伍。

這種氣氛下要過去送巧克力，實在是一步壞棋。

「原本我覺得放學後就是機會……不知道這樣還能不能跟小末獨處。」

「……那麼，妳寫信通知他如何？」

芽衣子的這句話讓我想起紙張的溫柔觸感，並且回神抬起了臉。

「白草同學，妳是小說家，寫一封比電子郵件更有心意的信，約丸同學出來怎麼樣呢？假如妳需要，我可以找空檔幫妳把信交給丸同學喔。」

「這個嘛——」

我寫了小說打算用來告白時，曾被紫苑評為沉重。

但我似乎偏好那樣的做法。

寫信將小末約出來，然後送巧克力。

腦海裡想像到的畫面讓我覺得那是個好主意。

「……妳的想法不錯呢。只要在課堂上構思文句，似乎來得及在午休時間完成。」
「真的嗎？能幫到妳實在太好了！」
芽衣子稍有福態的臉一露出笑容，就讓我覺得她會帶來幸福。
那十分可愛。芽衣子是個能打從心裡為人設想的善良女孩。
「不過，這麼說來……」
我忽然發現自己都沒有聽芽衣子提過感情事。
「芽衣子不送巧克力嗎？」
「妳、妳說我嗎……？」
「不曉得妳有沒有在意的男生。」
芽衣子臉色一沉。她垂下視線，並且變得語塞。
「我、我沒有……」
那種可疑的態度加深了她在說謊的印象。
「真的？」
「對、對啊……」
「假如妳有在意的男生，我會聲援妳的。畢竟妳已經幫了我許多忙，我希望能報答妳。」
「……沒關係。」

芽衣子露出微笑。然而那並不是方才讓我覺得會帶來幸福的笑容。

她在強顏歡笑——我看了她的笑容，立刻就明白。

「真的嗎？」

「…………」

芽衣子應該知道自己裝笑已經被我看穿了吧。

不知道她是尷尬還是想換話題——她改用一副嚴肅的語氣嘀咕：

「……其實，我以前每年都會送巧克力給同一個男生。」

「妳今年不送給那個男生嗎？」

「那已經是好幾年前的事……我不小心，對他說出了很過分的話。」

想都沒想像過的話語讓我睜大了眼睛。

「很過分的話？妳嗎？我沒辦法相信呢。」

我沒看過芽衣子說別人的壞話。她總是帶著微笑，也不會強出頭，平時想的盡是要怎麼讓別人開心。

這樣的女生居然會說出很過分的話……

「從那之後，我就沒有送過任何人巧克力——事情就只是這樣而已。」

芽衣子用衣袖抹了抹眼角，將差點盈出的淚水擦掉。

「我不小心多聊了。白草同學，妳跟我完全不一樣，因此請務必促成這段情。」

對不起，我先離開座位——芽衣子說完以後就去了走廊。

她眼裡又浮現了應已抹去的淚水。

那與平時的芽衣子差異太大，因此我只能目送她的背影離去。

＊

——今天，我會向小末告白。

這個決心至今仍未搖擺。

我將告白的機會篩選到剩下「放學後的校內」與「小末家門口」兩種。

以告白場景來說，大前提是要兩人獨處。

就算在別人面前告白，也是炒志田同學的冷飯，沒必要勉強效法。既然如此，我要採取合乎自身能力的行動才對。

結果，芽衣子提議的「寫信將小末約出來」這個方案，我決定不予採行。因為我在課堂上想到，電子郵件能辦到的事改用寫信通知只會顯得沉重。當然，因為芽衣子的模樣跟平時有異，不希望對她造成負擔也是我的想法。

（總之，重要的是掌握小末落單的時機……）

我已經決定等他落單就去搭話。

用郵件約他出來的做法也被我放棄了。

儘管我好幾次用手機輸入訊息想要送出——

寫了好幾次訊息，還是按不下發送鍵。

刪了又寫，刪了又寫。

從我決定不採用芽衣子的方案以後，這過程已經重複半天以上。

所以，我現在正在逼迫自己。

——等小末落單以後，我一定要趕過去。

——邀他：「跟我來一下。」

——將藏在書包裡的巧克力送出去，告訴他「我喜歡你」。

這是我定下的流程。

契機在於掌握小末落單的時間點，之後就會像推骨牌一樣推進告白的步驟。換句話說，「掌握小末落單的時間點」堪稱我「進行告白的開關」。

或許繞了遠路，但我認為這就是我的最佳解。不繞這麼大一段路的話，我便無法拿定主意。

我是在第五節課中途決定的。

心臟從那時就已經怦通怦通響不停，甚至讓我懷疑這種狀態持續到放學後會不會沒命。

昨天、前天、大前天，還有大大前天，我都一直告訴自己要在情人節告白，而且也接納了這個做法才對。

然而時間限制越接近，我的懦弱越是表現在外。

即使被消遣也怨不得人，連我都覺得自己很丟臉。

（我真的很廢。）

志田同學跟桃坂學妹都用了那麼華麗的方式送巧克力，我卻落到這種地步。

（即使如此——唯有對小末的心意我不會退讓。）

跟小末之間的回憶在腦海裡縈繞。

在這段漫長的期間，我崇拜過他，還恨過他。

然而那是因為我喜歡他。

喜歡到沒辦法光崇拜就滿足，轉而變成憎恨，那成了讓我努力的原動力。

在疙瘩消失以後，我一股勁兒地受他吸引。

橫跨多年的這段情將會在今天有個了斷。

——這是我人生的分歧點。

考上高中的時候、獲頒芥見獎的時候，都各自有過分歧點。

不過，這或許是迄今——不，即使放眼未來，或許這也是在我人生當中最重要的分歧點。

如此一想，課堂上的內容根本聽不進耳裡，我光是拚命忍著不發抖就已經費盡了心力。

＊

到了放學後。

哲彥給我的紙袋裡裝著約二十份巧克力，對往年只能從志田家成員手裡收到巧克力的我來說可稱為大豐收。

但是——

我看向白草的背影。白草是值日生，正在擦黑板。

（群青同盟的成員裡，唯獨小白沒有送我耶……）

我感到心神不寧。

我並不覺得收到白草送的巧克力是理所當然，但我自認在這半年以來已經建立了夠資格收到的關係。

『來，這是人情巧克力喲～～』

連玲菜都有送我，十圓一顆的巧克力。我說既然要表達平日的謝意就多花點錢嘛，她卻反問從心情來說是弊大於利的話可不可以收回巧克力。不用說，我在那一瞬間就把玲菜送的巧克力放進嘴裡了。

『哎，這算所謂的友情巧克力。』

我也收到了橙花送的。她聲稱是友情巧克力，送的倒是昂貴的名牌貨色。我問她：「送這麼高級的好嗎？」她就回答：「這是友情巧克力喔！因為是買來送朋友的巧克力啊！你懂嗎？這可是友情巧克力喔！」再三強調友情巧克力的次數簡直快要追上我至今聽過的累計次數。

『啊，晴仔，你剛好在啊。這給你。』

學生會長瑪琳則扔了一顆用保鮮膜包裝，尺寸等同於糖果的巧克力給我。身為辣妹卻親手做這種禮物，由此可以感受到她非比尋常的社交性。

另外，原本參加粉絲團的女生以及不認識的女生也都有送我。

我覺得或許會送巧克力給我的女生全都有送。

不過要主動向白草討巧克力的話，我實在做不到。

『太好了呢，小末，看你收到那麼多巧克力。既然收了那麼多，不缺我這一份吧？』

我怕她會這麼說。

或許我是希望做個確認，確認白草對我是怎麼想的。

（……呃，我這樣好卑鄙。）

我苦笑後，把書包拎上肩並且離開教室。

（既然哲彥那傢伙說社團今天沒有活動，就直接回家吧。）

提著裝巧克力的袋子到處走也嫌下流，我想確認送我的女生叫什麼名字，回禮名單最好也趁今天列出來。

另外，黑羽有邀我到志田家吃晚飯。往年情人節他們都會找我一起吃飯，然後我就能收到碧等人送的巧克力。

真理愛不見蹤影。早上她搞了一場大騷動，午休時就被叫去辦公室了。或許是那個緣故吧。

男女在走廊上講話的比率似乎比平常高，說不定是情人節之效。

穿過校舍出入口，往校門走去。

於是我發現校門前有眾多女生正在等著「堵人」。

這——跟早上一樣。外校的高中女生、大學生與國中女生……肯定是想送巧克力給我們學校的男生才專程跑來的吧。

（我想她們大多是來堵哲彥或阿部學長……）

不過，來堵我的可能性應該也不是沒有。

坦白講，既然被黑羽告白了，我就不想在感情方面多惹事，因為那樣或許會讓黑羽反感。

「……好，躲開她們吧。」

我調轉了腳步的方向。

正門附近有公車站，離校舍出入口也近，一般不會有人利用後門。

大概是托此之福，後門完全沒有人。

呼，當我鬆了口氣準備穿過後門的時候——

「小末。」

白草不知怎地從背後叫了我。

「小白。」

我回過頭，就發現白草將手湊在胸口，一臉難受的表情。

從那副拚命的表情根本看不見她過去居高臨下冷漠對待我的影子。

但是我在這半年知道了，笨拙地掙扎的模樣才是她的本質。

「——我有話，要告訴你。」

怦通一聲，我的心臟就像要蹦出來一樣猛烈搏動。

（難道說……）

各種期待、妄想，還有一絲絲的恐懼襲上心頭。

但現在思考也沒有意義，所以我開了口。

「好、好啊，可以喔。要在哪裡說？」

「能讓我們兩人單獨交談的地方比較好。」

「情人節」、「在四下無人的時候搭話」、「要單獨交談」這些若有深意的字句。

每一句都是在為「某個結論」鋪陳。

從白草眼裡看得出有種決心。

可說是她特徵的黑色長髮正隨著凍骨寒風飄揚。

在隱約變成橘色的天空下，白草掩著秀髮，含情脈脈地朝我凝望而來，那模樣簡直美得令人著迷。

「那麼——」

在我準備開口的瞬間。

「啊，發現末晴同學了～～！」

活潑的聲音響遍周遭。有女生隔著鐵絲網發現我們，還叫出聲音。

「啊，群青同盟的可知同學也在～～！運氣真好！一起要她的簽名吧～～！」

女生穿的制服款式沒看過。從她說的話來想，大概是打算趁情人節跟群青同盟成員接觸的粉絲吧。

這個女生離後門稍有距離，我們離比較近。

周圍吵吵嚷嚷，遠方傳來聲音，而且正朝我們接近。

既然這樣——

「小白！」

我抓住了白草的手。

「咦！」

突如其來的狀況讓白草瞪圓了眼睛。

但我現在沒空跟她說明。

強行突破。趁現在應該就能逃掉而不被任何人抓到。

所以我拉起白草的手，只告知她結論。

「小白，妳行吧？」

白草睜大了眼睛。

接著她吞下一口氣，眼中浮現淚水，笑了一笑。

彷彿回到了小時候那樣，她眼中散發著光彩。

「……嗯！」

白草用力點頭，而我也點了頭回應。

「我們跑！」

我蹬了地面，一舉加快速度。

霎時間，我曾煩惱該不該將速度放慢點，但對方是白草。我對她的運動神經之優秀有充分了解，何況剛才交會的眼神——她已經訴說自己願意跟到任何地方了。

我們手牽著手一口氣加速，穿過了後門。

「啊～～！等等，你們別走！」

「不會吧不會吧！他們怎麼牽著手！」

「難道是變成一對了！」

「大家快來！末晴同學與可知同學逃掉了！」

「咦咦咦！怎麼會！都來到這裡了！攔住他們！」

「找人先繞過去！有沒有誰是騎腳踏車來的！」

「等一下啦！突然說要追也沒辦法啊！」

好，看來我們順利突破粉絲陣的缺口了。

寒風刺臉，翻飛的大衣纏住身體，書包重得讓人有股衝動想直接扔掉。

但是，我並沒有想過要放開白草的手。

緊緊握住的手帶來暖意，讓我強烈意識到她是該保護的存在。

白草的手非常用力地回握我的手，總覺得那是在訴說她想跑得更遠。

我們穿過暗道，走進小路，避開他人的目光到處跑——結果就抵達了河邊堤防。

「呼……我實在是累了……小白，休息一下吧。」

「好……」

由於屁股會弄髒，我們沒有坐下，而是杵在原地望著河川。

到底是二月的河畔，幾乎不見其他人影。夏天明明就有近乎煩人的綠意滿布於此，如今卻盡是枯草而有寂寥感。

（……呃，等等喔。）

我總覺得環境很眼熟。

這裡——不就是「黑羽向我提議報仇的地方」嗎？

仔細想想，當時白草謊稱自己有男朋友，當真的我深信自己失戀了，就跑到了這裡。

考慮到都是從學校全力跑過來，到這附近就累得停下腳步，當時跟現在是一樣的。或許就這方面而言，與其說是偶然，還不如稱作必然。

（——可是……）

心情不可思議。

大約半年前，我以為自己失戀的傷心地，現在卻是跟意中人一塊待在這裡。

這段日子過得高潮迭起，開心得讓我沒頭沒腦地一路衝到現在。

於是我回神以後，就發現白草待在身邊。

長長的睫毛、顯示出氣節之高的尖挺鼻梁、白皙剔透的肌膚，還有隨風飄逸的亮澤黑髮。

——啊啊，就是這張臉龐。

我妄想了好幾次，還憧憬過的女生，此刻就在伸手可及的位置。

「嗯？你怎麼了，小末？」

白草似乎注意到了我的眼神，就一面掩著隨強風飄逸的秀髮一面回過頭。

「啊，沒有，沒什麼事。」

「……是、是嗎？」

我不由得害羞地轉開視線，白草便跟著微微臉紅地望向地上。

「小、小末，聽我說喔。」

「嗯。」

「我有東西，想要交給你。」

白草從書包裡拿出了四方形的盒子。

「給你，這是情人節巧克力。」

我總覺得這好像不是發生在現實中的事。

即使再怎麼親近，即使知道她是自己小時候的知交阿白，白草仍是冰山美人兼作家兼雲端上的天人——我心裡就是留著這樣的感觸。

「謝、謝謝妳……」

所以我覺得白草太耀眼，連她的臉都無法看，就一面搔頭一面無謂地凝望著枯草。

「我有想過自己說不定可以收到妳送的巧克力，不過實際收到以後真的覺得好開心……」

「你在說什麼啊，小末？我怎麼可能不送給你？」

「是啊，說得也對。畢竟我們是一起在群青同盟打拚的夥伴……」

「——不是那樣的！」

我的兩邊臉頰突然有冰涼觸感擴散開來。

因為白草用雙手夾住了我的臉頰，而且她直接使勁，把我的臉轉向她自己。

白草那太過耀眼而讓我轉開視線的臉映入了網膜。

白草她——在流淚。

「小、小末……我有多麼把你放在心上，你應該也曉得啊……！」

聲音在發抖。湊在我臉頰上的雙手也一樣。

白草眼裡洋溢著像在鑽牛角尖的色彩，明顯有欠冷靜。

「小白，妳鎮定點……對、對了，既然妳在發抖，應該會冷吧。披上我這件大衣比較——」

「不是！」

白草夾住我臉頰的雙手更加使勁，把我的臉固定在她面前。

「啊，不是的，小末，我不是那個意思……！我很清楚，你是為了我著想才打算將大衣借給我！但、但是但是，我想談的，並不是那個……！」

「小白，妳不用急。」

我裝得一派冷靜在安慰她，但實際上心裡也慌得厲害。

不知道白草是在緊張什麼，總之她的態度變得莫名其妙。

至於那象徵的意義，說不定是——想到這裡，我也無法保持平靜。

「唉，為什麼……我會這麼丟臉……」

「妳才不丟臉。妳看，像我也感受到了妳傳來的慌亂——」

我舉起手給白草看。我的手也一樣在發抖。

「我在妳面前可不能露出難看的一面，所以我只是在『飾演平靜的自己』。」

我只是將自己擁有的技能全用來粉飾罷了。

畢竟——

『——謝謝。能聽你這麼說真讓人欣慰。我有努力至今……實在太好了。』

不知道為什麼，跟白草的回憶從剛才就一直浮現在腦海而不能自已。

初戀的開始正好是在約一年前——沒錯，跟現在相同，寒冷得彷彿要讓肌膚結凍的時期。

一開始我曾否認自己的心情是戀愛。然而察覺到自己的目光會自然而然追尋著白草以後，毒素就不知不覺地循環到全身了。

沒錯，這是毒。只能遠觀卻不會有回報的心意，只能當成一種毒。

但是——

『阿白的白，就是白草的白。我一直好想見你，小末……不過，其實我們早就見面了。』

其實別說遠觀，我們以前就見過面。何止如此，白草以前還是我的戲迷。

一開始我適應不了與當時印象的落差而感到困惑，但是她骨子裡並沒有改變。

『……我做不到的事，小末總能輕易辦到呢。』

她只是故作堅強，將脆弱的心靈隱藏起來。

即使白草那麼漂亮，頭腦又好，又有文采，家裡又有錢，那些跟心靈的堅強是全然無關的。

所以像我這樣也還是幫得到她。

那種不協調感覺既可愛又能勾起我的保護欲。

她肯努力，而且有值得尊敬的地方，能夠待在如此吸引人的女生旁邊甚至讓我受到感動。假如能當這個女生的騎士，我幾乎覺得自己就算獻上一生也不會後悔。

「小末果然很厲害……居然能做到那種事……」

白草依然把手放在我的兩邊臉頰上，並且垂下了頭。

「不不不，雖然妳常常誇獎我，但這不是多了不起的事。換成哲彥的話，他八成不靠演技也能好好地引導女生。」

「那會讓我覺得他跟女生玩慣了，感覺很討厭。」

「聽了好像可以理解，又好像不行……」

「我的意思是要你保持原樣就好。」

「嗯，好啊，謝謝妳。」

這是什麼狀況？

在寒冬的河邊堤防，我明明被女生主動用雙手夾著臉頰，卻在談些莫名其妙的事。

肯定是這種恍惚感循環到全身，讓人失常了。

彼此想傳達的想法、傳達不了的想法，意念累積得太多，但接觸到彼此的體溫似乎讓我們藉此傳達到了些許，就算聊些無關緊要的事也覺得幸福不已。

「——我呢！」

白草加重語氣，讓我挺直了背脊。

「能夠遇見小末，真的很幸福……這半年，我過得非常快樂……」

「……嗯，我也很快樂。」

說不定白草跟我一樣，有回憶正在她的腦海裡一幕幕重現。

即使不問出口，我也沒來由地可以篤定是這樣。

「小末，那是因為我……」

白草睜大了眼睛。

她似乎正要傾訴什麼，凝望的眼神彷彿要貫穿我的心。

彼此的呼吸觸及臉頰。

不知不覺中，我們的距離變得如此接近。

「小末……我對你……」

我被迷住了。被白草的美迷住。

那應該可以稱作純白之美。

她的心是純真的。即使逞強，內心仍是一股耿直的性子，處事笨拙，不懂得跟人玩小花樣。

此刻從望著我的視線也能感受她有多拚命，美得讓人抵擋不住。

（果然，我還是對小白……）

心跳早就快得突破極限，現在我只覺得自己被白草的雙眸吸了進去。

「我一直都對你——」

在凍得無人靠近的河邊堤防，我們取暖般將身體依偎在一起。

沒有任何人來干擾。

只剩互相吐露心聲。

於是——從白草的眼角，眼淚流了下來。

「我從以前————就一直對你懷有敬意。」

…………嗯？

……奇怪？

啊……啊～～～～～～～～～～！

好的好的，原來是這樣啊……！

呃，可是我說啊……唔～～哎呀呀，這次未免也太……唔～～～

……唉～～

雖然每次都這樣，看來我這個人就是容易鬧天大的誤會……

白草的性格笨拙又專一……

正因如此，她對我的尊敬之意相當率真，難免被我誤解成戀愛感情……

我、我明知道這一點還……

因為這情景實在太如我所願了——

「啊、啊哈哈，我、我想也是啦！」

我退開並搔了搔頭。

「抱、抱歉，小白，我好像……哎呀～～啊哈哈！」

誤會讓我感到羞恥又尷尬，只能猛搔頭。

「小白，謝謝妳的巧克力嘍！那、那麼，我講好晚餐要在志田家吃……掰！」

我是多麼痴心妄想啊，明知道自己跟白草不配還這樣。

臉好燙。像這種丟人的模樣，我不能讓她看見。

我覺得自己只能盡快逃走，就快步走掉了。

白草不發一語。

我一度停下來回過頭，白草卻只是杵在原地而已。

此刻，白草是什麼樣的心情——

我無從揣測。

*

「我……」

小末離去以後，我仍然呆在現場。

「我是多麼……多麼地……心靈脆弱……」

原本一切都就緒了。

就我們兩個，夕陽優美的河邊堤防，感覺氣氛也不錯。

況且之前甚至發生了奇蹟。

『小白，妳行吧？』

『……嗯！』

我被小末吸引的原點是童年的那段回憶，而剛才發生了類似的情形。

我認為是命運在祝福我。

我湧出了勇氣——理應如此。

為什麼我沒能告白？

答案很簡單。

——因為我沒有骨氣。

誰都沒有錯，錯的只有我而已。

我好沒用……

情況實在太可悲，眼淚停不下來——

「啊啊啊……啊啊啊啊啊啊啊啊啊啊啊啊啊！」

我好軟弱；可悲；沒骨氣。

我要全盤承認。接納比誰都膽小的自己，將自尊心捨棄。

我才不要再流這樣的眼淚。我一定會復仇，向以往軟弱的自己復仇。

快回想起來。我不就是靠著這樣變堅強的嗎？

小時候，我誤以為自己被小末甩掉，還哭了好久。

哭了又哭，之後又因為憤怒而振作起來，還凌駕了過去的自己不是嗎？

重新來過就行了，無論幾次。

畢竟我對小末的情意是如此炙熱地翻騰於胸口。

＊

日子轉眼即逝，現在是三月，我迎來了白色情人節。

（我得好好回禮給小白才可以……）

除了白草，我都是在有他人目光的地方收到巧克力，所以我親手做了餅乾帶去學校送人。

但白草不一樣，她是在別人看不見的地方送巧克力給我。這表示我在別人看得見的地方送餅乾的話，應該也算對她失禮。

我如此心想，把白草約到收巧克力的堤防，將裝著餅乾的袋子交給她。

「小白，謝謝妳送的巧克力。雖然烤得不好看，這是我試著做的餅乾，請收下這份回禮。」

「謝謝你，小末。」

白草將我的餅乾收進書包以後，相對地拿了一本書出來。

「呃，其實我想趁這個機會拿給你……這是我寫的新作。」

「咦！這本書，記得是下個星期才會發售吧？」

白草睽違許久的新書在網路上已經成了話題。

我當然也有查出書資訊，而且已經下訂了。之所以瞞著作者本人這件事，是因為我不想被當成跟風的書迷。

「這是樣書。作者會比上市早一點收到。」

「哦～～真不愧是作者大人！」

我無謂地把書高舉，還透著陽光仰望。

由於是精裝書，我當然只能看見精美的裝幀。

「……等你讀過以後，能不能告訴我感想？」

「好啊，當然可以！」

我們就此道別，到家之後，我便興沖沖地讀起白草的新作小說——《白詰草之戀》。

劇情是講述一名少女的戀愛故事。

過去身處不幸的少女被某個少年拯救了。

那是她戀愛的開始。

少女想要報恩，便開始努力。

然而少女卻身患重病。

性情膽小的病……在日文裡，膽小就是寫成「臆病」兩字。

沒錯，這部戀愛故事講述的正是患有「臆病」的少女設法面對自己的病症，並且將一切奉獻給戀愛而奮戰的故事。

故事裡並未發生戰爭，也沒有人會死。

即使如此，身為主角的少女在內心世界儼然有一場戰爭。

她畏縮、抵抗、咬緊牙關、付出努力、掙扎，跺腳、有時還會跌倒，但即使如此仍會站起來前進。

那宛如一場壯闊的冒險。說不定，白草是想表達內心世界的戰鬥也可以匹敵架構壯闊的冒險小說。

白草巧妙的文筆將一名少女在戀愛中的糾葛描述得栩栩如生，讓讀者能產生共鳴或投入情感並聲援角色的想法。

我也有為擔任主角的少女急得死去活來，為她暗地裡的決斷落淚，還把過去提不起勇氣復出演藝界而跟人嘔氣的自己投射在她膽小受挫的身影上。

一回神，我就一口氣將小說讀完了。

望向時鐘，已經是半夜三點。

所以我實在沒辦法告訴白草感想，就打定主意隔天跟她講，先就寢了。

然而，白草卻向學校請了假。

我擔心地傳了訊息過去，就收到一句話。

『讀小說了嗎？』

這樣的回應。

我傳訊表示自己想告訴她感想，她就回覆說今天放學後希望能在堤防見面。

畢竟白草請假，我向她確認了身體狀況要不要緊，她說沒問題。

因此，我在放學後立刻去了講好的地點。

穿制服的白草就等在那裡。

「小白，妳的身體狀況真的沒事嗎？」

「……看你的反應，你並沒有發現呢。」

「發現？發現什麼？」

「……昨天的樣書，你有帶來嗎？」

「有啊。內容很棒耶，我本來就打算告訴妳感想，所以有放進書包。不過，為什麼特地叫我帶過來？」

約好在這裡碰面之際，白草傳訊表示希望我將樣書帶來。我對其中的理由完全沒有頭緒。

或許是為了預防我沒帶來，白草手上也有樣書。

我從包包裡把書拿出來，還舉起來給白草看以便強調自己有記得帶。

「最後一頁。」

「咦？」

「後面的空白頁面。」

「？」

我一瞬間沒搞懂她指的是什麼，總之就打開了最後一頁，然後將那一面翻過去端詳。

於是我發現那裡有空白的頁面，上面有手寫的字樣——

『我簽了名留作紀念。由於有透露劇情內容，請在讀完以後確認。』

手寫的內容是這樣，還劃了一條「———→」的箭頭通到書本封面內側。

「啊，原來妳有幫我簽名！抱歉，我沒注意到！原本我還想跟妳要的！真令人高興耶！……

不過，『會透露的劇情』是什麼？」

「看了就曉得啊。你看吧。」

「好。」

居然為我費這麼多心思，得想辦法回禮才行。

我一面這麼想一面在箭頭的催促下將封面拿掉。

書本的裝幀又白又硬，還有一塊廣大的空白。

空白的中央有簽名，簽名旁邊則用小小的字寫了這樣的劇情透露。

我簽了名留作紀念。
由於有透露劇情內容，
請在讀完以後確認。

可知自草

※劇情透露
這部小說是我將自己
愛上小末的心情書寫成冊的故事。

終章

*

結霜枯枝長出的新芽正在慢慢增加。

刺膚的寒意日漸趨緩，氣候溫和的春天就要來臨。

「喬治學長，恭喜你畢業！」

三月三日，私立穗積野高中舉行畢業典禮的日子──

我向走出體育館的喬治學長獻上了花束。

「這是來自群青同盟全體成員的祝賀。」

「OH，丸學弟，謝謝你嘍。」

「受學長多方關照了。」

目前動畫研究社也有為群青同盟擔任技術團隊。單靠哲彥一個人實在沒辦法將影片剪輯完，我們就將收益分給了動畫研究社，請對方代勞。

替群青同盟與動畫研究社居中協調，為此勞心勞力的人正是喬治學長。

「ＮＯＮＯＮＯ，能跟群青同盟搭上線，在下也很開心！謝謝！」

「還要感謝學長推薦動漫畫給我，每一部都很有趣。」

「對吧？往後我就是大學生了，所以還打算進一步鑽研。」

「學長是念明知大學對吧？」

「ＹＥＳ，距離並沒有多遠，我們還可以見面！我會記得多推薦作品給你！」

「好的！」

起初因為喬治學長講話方式怪怪的，我對他完全不敢領教，但是這個人除此之外果然都很正常。

「順帶一提，即使在下已經畢業，『大哥哥公會』的會長仍是我！ＯＨ！群青同盟的下任社長是真理愛……表示你們是最強的！妹妹最強！我會繼續支持你們的！」

「啊，好的，感謝學長支持～～……」

心中的祝賀氣息急遽減少之後，我帶著黯然的眼神嘀咕了一句。

＊

哲彥避開畢業典禮的喧鬧，正在校舍樓頂跟筆記型電腦面對面。

原本他根本不打算在畢業典禮當天到校。

然而，這是因為瑪琳在下一年度仍將擔任前期學生會長——

『想跟群青同盟成員合照留念的畢業生有夠多耶～～明年我還是會以學生會長的身分協助群青同盟，所以你能不能接個委託？』

她還這麼告訴哲彥。

哲彥加開只要自己不入鏡就可以的條件，然後答應了。他不太喜歡拍照。

（早知道就不要將群青同盟的會議排在畢業典禮當天……）

只要沒這些事，自己就省得到校了。想到其他成員都會到校，就順便將議程排進來是錯的。

畢竟——

「啊，你果然在這裡嗎？」

既然有畢業典禮，阿部就會出席。

「唉～～」

某方面來說正如所料的發展，讓哲彥大嘆一聲搔了搔頭。

「我正是不想遇到學長才沒待在社辦，姑且就跑來樓頂了。」

「嗯，我想到大概是這麼回事，就來樓頂看看了。」

「唉～～」

哲彥又補了一聲嘆息。

他抬起臉望向阿部，就發現對方不只制服外套缺了釦子，就連裡面襯衫與大衣的釦子都全部沒了。

「學長那麼受歡迎，應該沒空來這種地方吧？」

「我跟她們隨時能取得聯絡，但你就算接到聯絡也不會理睬。感覺往後跟你見面的機會就少了，所以我把你當成第一優先啊。」

「呃，說真的，學長不用優先找我。」

「我想透露一項消息，你還是沒興趣？」

哲彥閉上嘴巴，直接朝混凝土地面凝視了三秒。

「……什麼消息？」

哲彥如此答話後，阿部就優雅地露出微笑，並且在他旁邊坐了下來。

「白色情人節……三月十四日，白草學妹很有可能會採取行動。」

哲彥看似不感興趣地嘀咕，還把視線轉回筆記型電腦。

「哦～～……」

「咦，這項情報不符期待嗎？」

「不是，畢竟可知在翹家事件還有情人節的時候都沒能告白啊。唉，以我的立場，這算令人失望的失算。然後，這次換成白色情人節？我看她還是不行吧。」

「即使從你看來是那樣，白草學妹還是屬於腳踏實地學習並且向前進的那一型。我倒預估她在白色情人節就能告白成功。」

「……哎，真是那樣我也沒辦法忽視，反正學長跟可知的交情比較久，我就先當成有用的情報收下嘍。」

哲彥發現筆記型電腦顯示的企畫書有錯字，就予以修正。

阿部從旁探頭看了畫面，然後嘀咕：

「你在修正那份企畫書啊。」

「我覺得偷看別人的電腦畫面，以禮節來說有問題耶。」

「真的有必要藏的話，你早就關電源了吧？你是覺得我已經透過白草學妹看完企畫書了，才會繼續忙著作業，對吧？」

「……哎，是那樣沒錯。所以呢？」

「看過那份企畫書，我總算看出你想做什麼的端倪了。」

「……哦。」

哲彥把手從鍵盤上移開，然後蓋起筆記型電腦。

「那麼，請從中看出端倪的學長說來聽聽看——何謂我想做的事情。」

阿部若有深意地笑了笑。

「嗯，簡潔來說，算是『一種革命』吧？」

「哦～～」

「雖然我還不明白你『革命後的目標』是什麼。」

「……原來如此。」

「猜中了嗎？」

「我是有請學長說來聽聽看，可沒有承諾自己會解答是否猜中。」

「那還真卑鄙耶。」

「我可不想被觀察我的表情來試探有沒有猜中的學長說卑鄙。」

「……那麼，以沒有答覆為前提，我再說一項預測吧。」

「既然前提是這樣，學長請隨意。」

阿部盯著哲彥的臉。

「其實呢，之前在原本以為跟你毫無關係的話題中，我發現有一個疑點卡在裡面，就試著調查了一下。」

「阿部學長，你的本質是變態吧？與其走演藝界，你改成到徵信社求職會不會比較合適？」

阿部不理哲彥的挖苦，又繼續說下去。

「於是我從中發現了那與你的關係。即使沒到篤定的地步，也總算能夠推測了。我推測的，是你『達成目的後打算獲得的東西』。」

「……說啊。」

這一句話蘊藏著寒氣。

阿部慎重地說道：

「我認為你隱瞞的計畫及行動原理中有兩個關鍵詞。」

「……學長說的關鍵詞是？」

「其一——是『復仇』。關於這一點，你並不會主動提到，連在群青同盟的成員面前也都扣著不談，但你並沒有隱瞞到底，感覺是露餡了也不會去管，所以有的同盟成員也已經開始察覺了。哎，好像只有丸學弟渾然不覺。」

「……那麼，另一個關鍵詞呢？」

「我最近才追查到的，關於你的另一個關鍵詞，那就是——」

阿部緩緩地開了口。

「——『青梅竹馬』。」

*

日子又再流逝——

穗積野高中的通學路上，盛開的櫻花怒放。

青澀的一年級學生都朝著穗積野高中走去。

在這波人流當中，有兩個聚集了周遭視線的美少女。

「黑羽姊！妳走好慢！該不會是身高縮水了吧？」

「碧……我說啊……就算是第一天上學，妳也未免興奮過頭了！還有我才沒縮水！只是妳長高了而已！」

「是喔～這麼說來，上次跟黑羽姊一起上學已經隔了約兩年耶～～」

「真虧妳能考上……媽媽還用心為妳落榜時的後續做了準備耶。」

「哈哈哈～～！我從以前就是正式上場時比較厲害！」

「先告訴妳，考上以後才辛苦喔。因為是升學取向學校，上課進度快，功課也出得滿多，鬆懈的話立刻會被同學一口氣拋到後面喔。妳看小晴就曉得了吧？」

「唔……反、反正我會加油啦！」

「真的嗎～～」

距離遙遠的後方，有個男生停在櫻花樹下，正照著鏡子仔細梳理自己的飛機頭。

「上學第一天還是要讓造型到位才行……畢竟我崇拜的群青同盟學長姊都在……」

頭髮梳成漂亮的飛機頭以後，男學生就把鏡子收進書包。

「丸學長……不才間島陸遵照宣言上榜了……！我要好好打拚～～……！」

嗅嗅嗅嗅嗅嗅——陸打起精神吶喊，學生們則用冷冷的眼神望著他，從旁邊魚貫通過。

新的季節，新的學年——

還有，新的青春即將開始。

後記

大家好，我是二丸。

本作基本上都是四個月出版一集（雖然第六、七、八集是兩個月），這次卻隔了八個月。萬分抱歉，讓願意期待的各位讀者久等了。同時，我更要感謝隔了這麼長的時間還是願意追隨本作的大家。

坦白講，非常辛苦。我第一次陷入創作低潮期。

說到低潮期，您也許會想像我私下抱怨「都想不到點子～～」的模樣，然而不是的。明明點子齊備也還是無法下筆喔。

本作的劇情大綱已經一路排定到滿後面，寫第二集時就已經決定好到第四集為止的大致走向了，而我在寫第四集時已經排定到第八集了。

我兼職的時期並不短，明明點子有夠多卻苦無時間與體力，結果這種生活持續太久，對幸運地未曾碰過低潮期的我來說，無法下筆就相當令人震撼。我也曾懷疑自己或許再也沒辦法寫作，但還是拚死命地重新振作，並且在寫出本作第九集時打從心裡鬆了口氣。目前我都活力十足地在寫作，還請各位繼續指教。

不過我寫本作之外的故事都還算沒問題，因此從低潮期時就接了各種不同的案子。已發表作品有在YouTube的「漫畫天使貓岡（漫画エンジェルネコオカ）」頻道上執筆的《【漫畫】幫助了一臉窮酸樣的男生，卻發現他其實是繼承了１００億圓財產的大富翁。（【漫画】貧乏そうな男子を助けたら、実は１００億円の遺産を相続した大富豪だった。）》以及《【漫畫】對身高有心理陰影的小不點。父親與美國人再婚，因而跟１７５cm的美女妹妹同居。（【漫画】身長にトラウマ持ちのチビ。親がアメリカ人と再婚し、１７５cmの美人な妹と同居することに。）》（暫譯）這兩部作品。都是十分鐘左右就能爽快看完的短篇，不嫌棄的話還請關照。

啊，還有我在寫這些的時候雖然連草圖都尚未完成，但我想聊關於第九集的封面。

每集封面以及有特別講究的部分插畫，我都會轉達相當詳細的形象來拜託老師進行繪製，這次尤其如此，場面是第四章的末尾。這一幕，我刻意不以文章來敘述表情等部分，因為寫出來就會削弱氣勢。

但是我想看。畢竟最棒的表情應該就在那個橋段……察覺到這點後，為了把亮點留給封面，我刻意重寫場景以及情境，做了各種調整。因此我目前正在期待しぐれうい老師繪製的封面。

最後，聲援我的各位讀者、黑川編輯、小野寺大人、繪製插畫的しぐれうい老師，誠摯感謝你們！改編正篇漫畫的井冬老師，以及繪製四姊妹日常生活的葵季老師，在此我也要向兩位表示感謝！更感謝縱使不會碰到面，仍對本作多有協助的全體人士。

二〇二一年　十二月　二丸修一

下集預告

OSANANAJIMI GA ZETTAI NI MAKENAI LOVE COMEDY

白草的告白——

由此展開的新關係與新季節。

升上新學年之後，

隨著新生到來，

群青同盟有個非解決不可的問題。

「怎麼辦啊，

有這麼多人想要入社……」

由於群青同盟出名了，

想參加的申請者人滿為患。

群青同盟本身也希望招納新戰力，

但因為社團裡不乏以真理愛為首的知名人物，

便不能隨便讓人加入。

已經被點名為下屆社長的真理愛

將會想出什麼計策呢!?

「哎呀呀～～

你們忙的事好像滿有意思耶～～」

NEXT

SHUICHI NIMARU PRESENTS

VOLUME

就在此時，超重量級核彈頭——頂尖偶像，虹內・雀思緹・雛菊出現了。

她聲稱自己是來玩的，但真正的用意是……

在陷入驚慌的校園裡，

騷動逐漸擴大。

「混帳～～誰會輸啊！我絕對要加入！」

「丸學長，請你看著吧！我間島陸，要一展男子氣概！」

在群青同盟的參加測驗中，兩名一年級生——碧與陸互相較勁。

新成員加入會讓群青同盟有何改變呢!?

情勢多變的戀愛戰局

將進入新的階段！

三年級篇

揭幕！

青梅竹馬絕對不會輸的戀愛喜劇 10

VOLUME:TEN

敬　請　期　待　！

青春豬頭少年不會夢到正義護理師

Kadokawa Fantastic Novels

作者：鴨志田 一　插畫：溝口ケージ

都市傳說「＃夢見」在學生間成為話題。
郁實藉此化身為「正義使者」助人？

寫下來的夢會應驗——這個都市傳說「＃夢見」在學生們的SNS成為話題。咲太目擊郁實藉此化身為「正義使者」助人，也得知她碰上了類似騷靈的現象，而且原因好像來自以前的咲太……？開啟上鎖的過去之門，青春豬頭少年系列第十一集。

各 **NT$200~260/HK$65~80**

我當備胎女友也沒關係。 1 待續

Kadokawa Fantastic Novels

作者：西 条陽　插畫：Re岳

儘管懷裡抱著妳，心裡想的人卻是她⋯⋯
100%不健全、不純潔又危險的戀愛泥沼

我跟早坂同學都有最喜歡的人，卻都選擇了第二順位的對象交往。即使如此，一旦能跟最喜歡的人兩情相悅，這份關係也會宣告結束。明明是這麼約好的——當我們都接近最喜歡的人時，彼此卻愈陷愈深無法自拔，變得怎麼也離不開對方⋯⋯

NT$270/HK$90

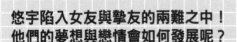

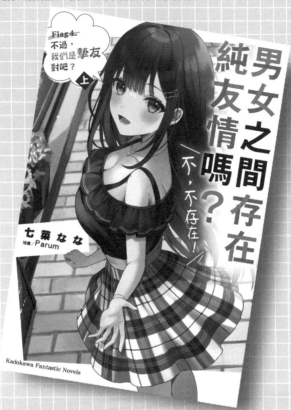

其實是繼妹。～總覺得剛來的繼弟很黏我～ 1待續

Kadokawa Fantastic Novels

作者：白井ムク　插畫：千種みのり

因為誤會，而讓距離急速接近的兄妹！
成為家人後，醞釀出戀情的戀愛喜劇親密登場！

因為父母再婚，我這個高中生有了一個繼弟，他名叫晶。我原本就嚮往能有個手足，總是和他一起玩……沒想到他超黏我，我們一拍即合，距離也急速拉近！某天我終於發現晶是「妹妹」，陷入混亂之中。而晶開始猛烈追求，目標是從「兄妹」變成「情侶」！

NT$260/HK$87

【好消息】我的不起眼未婚妻在家有夠可愛。 1~4 待續

Kadokawa Fantastic Novels

作者：氷高悠　插畫：たん旦

第一次的教育旅行以及現場演唱會，
儘管狀況連連，也會有夠開心吧！

我要和小遊去沖繩教育旅行！和蘭夢師姊的店鋪演唱會也將定案！經紀人來家裡，和小遊撞個正著，反應卻令人意想不到？蘭夢師姊想和我的「弟弟」打招呼，我設法蒙混過去卻被她看穿？教育旅行和沖繩公演撞期了，多虧小遊，讓我們有了意想不到的回憶！

各 **NT$200~230/HK$67~77**

轉學後班上的清純可愛美少女，竟是小時候玩在一起的哥兒們 1~4 待續

Kadokawa Fantastic Novels

作者：雲雀湯　插畫：シソ

越明白藏在沙紀心中的純粹愛意，
胸口的鼓動就越讓人作痛……

春希和隼人、姬子久違地回到了月野瀨，盡情享受鄉間獨有的樂趣，同時也和沙紀越走越近。沙紀是個表裡如一、不計得失，可以為他人努力奮鬥的少女。一定是因為有沙紀陪伴，才造就了如今的隼人。「如果我是男孩子，會喜歡上她吧。那隼人也……」

各 **NT$220~270/HK$73~90**

國家圖書館出版品預行編目資料

青梅竹馬絕對不會輸的戀愛喜劇/二丸修一作；鄭人彥譯. -- 初版. -- 臺北市：臺灣角川股份有限公司, 2022.12-

冊；　公分

譯自：幼なじみが絶対に負けないラブコメ

ISBN 978-626-352-080-6(第9冊：平裝)

111016999　　861.57

Kadokawa
Fantastic
Novels

青梅竹馬絕對不會輸的戀愛喜劇 9

（原著名：幼なじみが絶対に負けないラブコメ 9）

2022年12月21日　初版第1刷發行

作　　者：二丸修一
插　　畫：しぐれうい
譯　　者：鄭人彥

發 行 人：岩崎剛人
總 編 輯：蔡佩芬
編　　輯：孫千棻
美術設計：莊捷寧
印　　務：李明修（主任）、張加恩（主任）、張凱棋

發 行 所：台灣角川股份有限公司
地　　址：104台北市中山區松江路223號3樓
電　　話：（02）2515-3000
傳　　真：（02）2515-0033
網　　址：www.kadokawa.com.tw
劃撥帳戶：台灣角川股份有限公司
劃撥帳號：19487412
法律顧問：有澤法律事務所
製　　版：巨茂科技印刷有限公司
ＩＳＢＮ：978-626-352-080-6

OSANANAJIMI GA ZETTAI NI MAKENAI LOVE COMEDY Vol.9

Edited by 電撃文庫
First published in Japan in 2022 by KADOKAWA CORPORATION, Tokyo.
Complex Chinese translation rights arranged with KADOKAWA CORPORATION, Tokyo.